ブギーポップ・アンノウン
壊れかけのムーンライト
「君は、自分の心を知らないのかな？」
BOOGIEPOP UNKNOWN
INTO THE
LUNAR RAINBO
上遠野浩平
Kouhei Kadono
イラスト●緒方剛志
Kouji Ogata
JN304318

中条深月
Mitsuki Nakajyou
「見てるだけじゃ——どう想ってるかわかんないよ?」

的場百太
Momota Matoba

Chiharu Yumihara
弓原千春

「君にはきっと――みんなが知らない秘密があるよ？」
宮下藤花
Touka Miyashita

「むかつくヤツだわ——でも私、なんで怒ってんの？」
歌上雪乃
Yukino Utakami

矢嶋万騎
Banki Yashima

P19 CRUSH 1
P65 CRUSH 2
P95 CRUSH 3
P143 CRUSH 4
P185 CRUSH 5
P219 CRUSH 6
P251 CRUSH 7

Design:Yoshihiko Kamabe

『隠されているからといって真実とは限らないもの、
無理があるからといって虚偽とは限らないものを、
仮にプーム・プームと呼ぶとして、そういう不定形なものこそ、
周囲を予想もできない災厄に巻き込みつつ、壊れてゆくだろう』

——霧間誠一〈月と星のあいだ〉

INTRO

……少年と奇妙な黒帽子が、夜が明けかけた空にまだ残っている月の下で、ぼんやりと会話を続けている。

「月？」

「そう、この事件は要するに、月の話だったんだよ」

「月、って、あれか？」

少年が空を指差すと、黒帽子はうなずいて、

「あれはなんで光っているんだと思う？」

「そりゃあ、太陽の光の反射だろ。いや、よくわかんねえけど」

「そうだね、それ自体で光っているわけではない。しかし地球に近いから、その明かりは遠くで光っている星のどれよりも大きく、存在感があるように見える。しかし実際は、どんなにかすかな点でしかない星よりも、月はちっぽけな塊《かたまり》に過ぎないんだ」

「ふうん」

「今回の話も、結局はそういうことさ。自分にとってはとても重大で、世界を揺るがすようなことだと思えても、それは単に身近だからだ、というだけのことで、実際にはその辺にごろごろしているありふれた出来事の一つに過ぎないんだよ」

「身近……なのか？」

「とてもね。少なくとも、彼女にとってはとてもとても身近で、あまりにも身近すぎて、それで息苦しくなって、放り出してしまいたくなったんだよ」

「彼女……か」

「君は彼女のことをどう想っていたんだい」

「どうなんだろう……今となっては、なんだかぼんやりとして、よくわからないな。……なんだか俺、わからない、ばかり言ってるな」

「それは、今回の事件が君にとって、自分が燃え上がって輝くような、そういう事態じゃなかったからだろうね。君は、他の者たちが光っているのを、ただ反射していただけなんだと思うよ」

「そうか？　なんだか結構、ものすごく重要なところを担わされたような気がするんだが……でも」

少年は顔をしかめて、それから首を何度か振る。

「そうだな、そうなんだろうな。俺はなんだか、みんなに仲間外れにされていたみたいだな」

「彼女はとても真剣だったけど、君からしたら、それは大したことじゃなかったんだよ」

「大変な目には遭ったんだけどな……でも、そうか。あいつ、真剣だったんだな——」

「彼女よりも真剣な人間が、彼女の近くにはいなかったんだよ。その孤独が彼女の不幸であり、今回の事件の原因だったんだ」

「おまえは？　おまえはどうだったんだ？　おまえなら、あいつの話を聞いてやれたんじゃないのか」

「いや、残念ながらぼくは自動的だから、彼女がいくら追い詰められていても、それが噴出しない限り出番が来なかったんだよ」

「……なんだそれ」

「もしかしたら、彼女はぼくを呼び出したかったのかも知れないね。だとしたら、それは悪いことをしたなあ、とは思うけどね」

「……なんか言葉が軽いなあ。どうにも信頼できない感じだぞ」

「重くないから、ぼくはそれらしいところで浮かび上がれて、そして用無しになれば泡《あわ》のように、ぱっ、と消えられるのさ。だが彼女は、深刻になりすぎてしまって、深入りすべきでないところに侵入してしまって、後戻りができなくなってしまったんだよ」

「……深刻に考えすぎ、か。でも、あいつは世界を救おうとしていたんだろう？」

「そうだね」

「そのこと自体は悪いことじゃなかったんじゃないのか」

「実際に被害を受けた君がそれを言うとは、優しいんだね」

「……なんだろう、おまえにそう言われるとイヤミにしか聞こえないんだが。それに比べると、あいつの言葉は確かに真剣だったな。おまえほど軽くなくて、迫力があって」

「そして、誰よりも怖がっている」

「え?」

「今回の敵——〈バット・ダンス〉とは、つまるところは〝恐怖〟の塊というようなものだ。彼女はその〝恐怖〟に誰よりも敏感だった。つまりは怖がりだったということだ。それが彼女の——ブーム・プームの原点。それ故に選ばれて、それ故に壊れた」

「壊れた……?」

少年は視線を近くの地面に落とす。夜明け近くの薄明かりの中、そこにはひとつの人影が横たわっている。

彼のクラスメートの、少女が倒れている。

「彼女は敏感で、繊細すぎて、自分に科せられた宿命に耐えられなかった。そう——呪《のろ》いに負けた、というような言い方もできるね。呪いと戦おうとしたが、やりすぎて——結局は、その呪いと同質のものになってしまったんだ」

「そいつは――」

少年は言いかけて、そしてその言葉が途中で、ぎくっ、と停止した。

その視線の先で、動いていた。

倒れている少女の指先が、手が、腕が――そして上体が曲がって、ゆっくりと立ち上がっていく。

「お、おい――こいつ、まだ……！」

少年が悲鳴を上げても、黒帽子は平然とした顔で、唇の端をちょいと曲げ、眉を片方だけ上げて、微笑んでいるような、嘆いているような、なんとも言えない左右非対称の表情を浮かべて、

「そりゃそうだ――不気味な泡のぼくと違ってそう簡単には消えない。それがブーム・プームなんだから」

と言った。

ブギーポップ・アンノウン

壊れかけのムーンライト

BOOGIEPOP UNKNOWN

INTO THE LUNAR RAINBOW

CRUSH 1

プーム・プームは夢の中
現実のことを空想してる——

1.

……ちなみに言っておくと、レモン・クラッシュというのは本来、レモンの絞《しぼ》り汁のことにすぎない。しかしその一般的な正解に辿《たど》り着くことは、ここでは重要な問題ではない。


「レモン・クラッシュ？」

「そうそう、そう言ったんだよ」

「レモンスカッシュじゃなくて、か？」

「んな訳あるかよ。なんでそんなもんが重要なんだよ」

「いや、どうせ大した意味はないんだろ。女が適当に言っただけのことだろ？」

「伝説のレモンスカッシュを出す喫茶店でもあって、そこに行けばいいんじゃないの」

「ああもう、おまえら真剣に聞けよ」

三人の少年たちが、放課後の教室で延々とダベっている。

「とにかくよ、窓の外を眺めながら、切《せっ》なげな声で、吐息混じりに切なげにそう言ったんだよ」

「繰り返すなよ。切なげラップかよ」

「あ、なげ、なげなげなげ、せ、せせ切なげ切なげ、オーイエー」

「だから真面目に聞けっつってんだろ」

高校生の彼らはいつでも三人でつるんでいる、よくいる男子連中で三馬鹿とかいわれてる種類の連中である。

「とにかく間違いねーよ、中条《なかじょう》がレモン・クラッシュって言ったのは」

「おまえ、そんなにあの女のことばかり見てると、しまいにゃストーカー扱いされるぞ」

「つーか、俺にゃ全然あいつ可愛く思えねーけど。細すぎねーか、あれ。もっとこう、胸とかあった方が」

「そんなら二組の細川《ほそかわ》とかアリって思わねーか？　体育のときとかすげえぞ」

「誰がおまえらの好みを聞いてんだよ。今は中条の話してんだよ」

さっきから一人で張り切ってるのが的場《まとば》百太《ももた》である。彼は三人の中では一番背が低い。顔も子どもっぽい。ひとりだけ中学生のようである。

「じゃあさ、もうおまえ中条に告《こく》白っちまえばいいじゃねーか。めんどくせーから」

冷たくそう言い放つのは弓原《ゆみはら》千春《ちはる》である。細い女は嫌、と言っていたが、彼自身はまるで枯れ木のようにガリガリである。頬《ほお》もこけていて顎《あご》も尖《とが》ってるので、かなりの確率で綽名《あだな》はドラキュラになる。

「あはは、そりゃいい。やれよ」

呑気《のんき》に同調するのが矢嶋万騎《やじまばんき》である。勇ましい名前に反して、顔はまるで少女のようにとろんと緊張感がない。柔らかい髪が半端に伸びていて頬にまで掛かっているので、ますます女の子みたいである。しかし女子からいつも「矢嶋って目つきがやらしい」と言われている。

「ば、馬っ鹿言ってんじゃねーよ！」

百太は顔を真っ赤にして怒鳴った。

「と、とにかくあいつが今気にしてんのは、その問題のレモン・クラッシュってもんなんだよ」

「うーむ、なんだろうなあ」

「バンド名とかじゃねーの」

「おお、男に連れられてライブハウスに行ったりしてんのかも」

「男って大学生とか？」

「そういや、中条ってちょっと取っつきにくいトコあるけど、そういうことなのかな」

「あー、あいつは心の中で俺たちのことをみんなガキだなあ、って思ってんだなあ」

「そ、そんなことあるわけねーだろ！」

万騎と千春のからかいに百太はいちいち反応して、顔を青くしたり赤くしたりしている。それを面白がるでもなく、慣れっこであるという調子で無視し、万騎と千春は話し続けている。

「レモン・クラッシュねえ」

「あるいはそれを知っていれば、俺たちも他の女子にウケるんじゃねーのか」

「それはある。あるぞ。もしかして魔法の言葉で、それを耳元で言うとどんな女でもイチコロとかだったりして」

「うおお、それいいね。おお、レモン・クラッシュ――」

「おお、レモン・クラッシュ――」

二人して、変な節を付けて歌い出す。百太はその横ですっかり渋い顔である。すると教室の扉が乱暴に開けられて、風紀委員の女子生徒が注意してきた。

「いい加減にしなさいよ、いつまでいるのあんたたち。下校時刻はとっくに過ぎてるのよ」

「へーい」

「それとあんまり、変なこと言わない方がいいわよ」

「へ？　なんのことだよ」

「今あんたたち、レモン・クラッシュって――バチが当たっても知らないわよ」

「おいおい、なんだそれ」

三人は思わず身を乗り出した。

＊

……ほぼ同時刻。

自分が話題に上っていることなど知らない少女、中条深月《みつき》は友人たちとの待ち合わせ場所に出向いていた。

「あーっ深月、遅い遅い」

手を振ってきたのは、中学の時の同級生で、それ以来ずっと仲のいい歌上雪乃《うたかみゆきの》である。

「いや、つーかあんたたち早すぎんのよ。なに、私立は授業終わるのが早いの？」

「あはは、そんなことはないでしょ。ウチも県立だし」

笑ったのは宮下藤花《みやしたとうか》だ。彼女たち三人は、今では全員通っている高校が違っている。

「でも雪乃、あんたちょっと背が伸びた？」

深月に言われて、雪乃は少し顔をしかめて、

「そうね、もういい加減に成長止まってほしいんだけど」

とぼやくように言う。彼女は百六十七センチあり、クラスの男子の半分よりも背が高い。

「でも格好いいじゃん。モデルみたいで」

「いや、モデルだと百七十以上は絶対らしいから、私は半端なのよ」

「本気でモデル目指してんの？」

藤花に言われて、雪乃はふざけ気味に顎を突き出しながら、

「まあ、ルックスは問題ないでしょ？」

と言うと、深月がその背中をぱあん、と叩《たた》いた。

「よく言うわあ、修学旅行の時にいびきかいてたヤツが」

「うるさいわね、それとこれとは関係ないでしょ」

「あれはどうなったの、バレーボール部に、レギュラー確実だからってスカウトされた話は」

「いや、あれは断った」

「えーっ、なんで？　あんた運動得意じゃん」

「これもそういう問題じゃないのよ。やっぱね、根性が続かないだろうなー、って思っちゃって」

「そうかなあ、雪乃って結構頼られるタイプじゃない。面倒見がいいって感じで」

「いや、だから運動部だときついんじゃないかって思っちゃって。ああいうのって実力主義っていうか、駄目な人を乱暴にしごいたりするでしょ。そういうのってあんまり好きじゃなくて」

「ああ、それもあんたらしいわね。昔っから優しかったもんね、雪乃は」

深月がしみじみとそう言うと、雪乃はちょっと顔を赤くした。

「な、なによそれ。根拠あんの？　適当に言ってない？」

「うん、実はテキトー」

「もう！」

三人娘はけらけらと笑いあった。

ウエイトレスがやってきて注文を取り、場《ば》の空気が一段落したところで、

「で？　今日はなんの用なのよ、深月」

と藤花が質問した。横の雪乃もうなずき、

「そうそう、急に私たちに会いたいなんて。なんかあんの」

「いや、大した話でもないんだけどさ。ちょっとあんたたちの顔を見たくなったんだけど、まあ、なんというか」

深月はぼんやりとした言い方をした。

「なになに、なんか相談したいことでもあんのかな」

「うーん、まあ、そんなような、そうでないような」

「なによ、曖昧《あいまい》ねえ」

「言っちゃいなよ、もったい付けないでさ」

「いや、何から言ったらいいのかな――二人は知ってるかな。話を聞いたことはない？」

「何の？」

「レモン・クラッシュのことを」

2.

それは都市伝説の一種のようなものらしい。

レモンのような色の光の粒子——それが空一杯にきらきらと輝く光景、それをレモン・クラッシュと呼ぶらしいのだが、

「それを見てプーム・プームって唱えると、なんでも願いが叶うっていうのよ」

風紀委員の女子からそう聞いて、百太は思わず笑ってしまった。

「なんだそれ。くだらねーな」

しかし彼に笑われても女子は真顔のままで、さらに言葉を続ける。

「ただし——それは心の底からの願いごとだけで、無意識に考えているような、とんでもない願い事でも叶ってしまうらしいのよ。これを叶えてください、って思っていても駄目で、無意識とか、本能的にとか、そういうものが露わになってしまうっていうの」

ひそひそとした忍び声でそう言われると、なんとも変な空気が夕方の教室に漂った。

「どういうこった?」

千春がつられて、声をひそめて訊《たず》ねる。

「つまり誰かを殺したいって思っていたら、それが叶ってしまうかも知れないのよ。片想いを

まうんだって――」

両思いにしたいって思っているよりも、誰かへの憎しみの方が強かったら、そっちが勝ってし

彼女の言い方は、明らかに言い慣れていて、この話を持ちネタとして何回も繰り返している

のは歴然としていたが、初耳である三人はその不気味な雰囲気に完全に圧倒されてしまった。

「――は、はは、言ってんの。そんなのあるわけないじゃん」

「それでそのレモン・クラッシュが見られる場所ってのは、この辺じゃ月天公園《げってん》なんだって。

ほら、あそこって近くにお城があるでしょ、あそこの屋根瓦《がわら》からの反射がちょうど、レモン・

クラッシュになるんだって――あんたたちもあの辺《へん》通るときは気をつけなさいよ、間違ってプ

ーム・プームって言っちゃ駄目よ。なにが叶っちゃうか、わかったもんじゃないから――」

ひひひっ、と彼女が笑ったところで、男子三人組は思わずのけぞって、机と椅子《いす》をひっくり

返してこけた。

彼女は大声で笑って、そして「早く帰りなさいよ」と言いながら、きびすを返して立ち去っ

た。

男子たちはすっかり渋い顔で、互いのことを見つめる。

「な、なんだよあれ」

「脅かしやがって。デタラメ言いやがって。なあ?」

千春と万騎がぼやいている中、百太ひとりだけが妙に真剣な表情になっている。

「……どうしてだ？　なんでだ？」

「あ？」

「なんで中条のヤツは、そんな変なもんを気にしてたんだ……？」

「おいおい、どうしたんだおまえ」

「だって、あんなに真剣な顔してたのに――どういうことなんだ？」

百太はいても立ってもいられない、という顔で身を起こした。

そして、そのままほとんど走り出すような勢いで廊下に飛び出していってしまう。

「お、おい待てよ！」

千春と万騎はあわてて彼の後を追っていく。

＊

「――ていうようなものなんだけど、知らないかな」

中条深月の説明を聞いて、歌上雪乃は首を横に傾げた。

「いや、初めて聞いたけど――なに、あんたたちのところじゃそんな噂《うわさ》が広まってんの？」

「レモン・クラッシュ、ねえ」

宮下藤花も、ふうむ、と少し唸《うな》った。

「きらきらした光、って、それって単なる貧血じゃないの。脳から血が抜けちゃったときにそうなるんでしょ」

「違う違う。そんなんじゃないわよ。もっとこう、神秘的なヤツよ」

「噂ってアレ？　なんつったっけ、ボギーパップとかなんとかいうのもあったわね。それとは違うの？」

雪乃がそう言うと、深月は笑って、

「それを言うならブギーポップでしょ。全然違うわよ」

「そうそう、それそれ。あれってなんなの。藤花は知ってる？」

「いや、私そーゆーのにあんまし関心ないから」

「あんたたち、相変わらずねえ。流行《はや》りに鈍いっていうか、我が道を行くタイプっていうか」

「うるさいわね。別にいいでしょ」

藤花は笑って、深月を小突く真似《まね》をする。でも雪乃の方は少しだけ真面目な顔で、

「そのブギーポップだけどさ——死神、とか言われてるんでしょ。それって具体的になんかあったってことなの」

と質問してきた。深月たちがきょとんとしているので、雪乃はさらに、

「つまりさ、誰か死んだりしたのかな。それでブギーポップの仕業じゃないか、みたいなことがあったりしたの？　あの噂って根拠があるのかな？」

と言った。深月と藤花が眼を丸くしたまま、

「…………」

「…………」

と二人とも何も言わなかったので、雪乃は、はっ、と我に返ったような顔になり、

「い、いや別に、そんなにどうしても気になるってほどのことじゃないんだけどさ」

ごまかすような言い方をした。内心では彼女は、ああ、またうまく行かなかった、と思っていた。

歌上雪乃。

彼女には秘密がある。誰にも言えない秘密が。どこにでもいる平凡な女子高生と思われている彼女は、実は世界を裏から管理している統和機構《とうわきこう》と呼ばれる巨大なシステムの構成メンバーのひとりで、戦闘用合成人間なのだ。

〈メロディ・クール〉——それが彼女のもう一つの名前である。

任務は様々で、呼び出しが掛かるまではふつうの人間として生活しつつ、待機しているのだが、統和機構のすべての構成員に均等に与えられている使命——ＭＰＬＳと呼ばれる特殊で異常な現象の発見と追究は、常に義務づけられている。

その彼女はここ最近、ずっとブギーポップのことを気にし続けている。

そういうヤツがいるらしい、という噂を聞いたのはだいぶ前のことになるのだが、未だにま

ったく正体を摑めない。

それはこのあたりの女子学生たちの間でだけ広まっている伝説で、人がもっとも美しいときに、それ以上醜《みにく》くなる前に殺してしまう死神がいる、というものだ。

ブギーポップというその名前だけがあって、後のことはまったくわからない。なんで少女たちの間でだけ噂が広まっているのかもわからない。

（……つーか、なんで私には噂が伝わるのが遅かったのかしら——）

そのときの気分は複雑だった。みんなに隠し事をしているのは彼女の方なのだが、なんだか仲間外れにされてるみたいな感じがしたのだった。

情報収集のため、みんなとは仲良くやってるつもりだったのだが、なんだか距離を置かれていて、打ち解けた話はしてもらえていなかったのか、という——そのときのショックはちょっとしたトラウマになっている。

（いやいや、私はそんなことを言える立場にはないんだけど——でも）

なぜか彼女の方から友人たちにブギーポップのことを聞こうとしても、今のようになんだか変な顔をされて、それ以上話が続かなくなってしまうのだ。

（何が悪いのかしら……？）

戦闘任務に於いては、武装した敵を強力な能力で容赦《ようしゃ》なく葬る非情な戦士なのだが、学園生活ではくよくよと小さなことを気にして生きているのが、雪乃という少女だった。

「いや、今はブギーポップはどうでもよくて、レモン・クラッシュのことよ」

深月にあっさりと流されて、話が元に戻ってしまう。

「要は願掛けでしょ。それはあれなの、お賽銭《さいせん》とかはいらないの？」

藤花が夢のないことを言う。雪乃は少し笑ってしまうが、深月は真面目に、

「そういうんじゃないのよ。場所が決まっているわけじゃなくて、その光がたまたま当たったところで願いを叶えるっていうんだから」

「流れ星みたいなもん？」

「うーん、そうかも」

「でもあれよね、流れ星に願いを掛けるっていうのも考えてみれば不思議よね。だって隕石《いんせき》でしょ。なんの関係があんの。どうしてかしら？」

「知らないわよ、そんなの。藤花、あんたちょっと理屈っぽくなってない？」

「いや、最近知り合った娘に影響されちゃって。すっごく頭いい娘なのよ、そいつ。話してると自分も賢くなった気がして」

「あんたはあんたでしょ。そうそう利口にはなれないわよ」

雪乃がそう言うと、藤花は少しムキになって迫ってきた。

「いやいやいやいや、雪乃、あんたも末真《すえま》と会えばそんなこと言ってられないって。あいつ、ホントにすごいから」

「なに馬鹿なことを——」

雪乃は顔をしかめて首を振った。親しい友人が、自分の知らない友人のことを楽しそうに話すのはあまり愉快ではなかった。嫉妬《しっと》だろうか。でも何に嫉妬しているのだろうか。

そんな二人に対し、深月がやや苦笑気味に、

「あんたたち、やっぱりそういう感じよね。話を聞いても」

と言った。それからまた真顔になって、

「まあ、だからあんたたちを呼んだんだけどね」

ん、と藤花と雪乃は顔を見合わせて、

「どういうこと？」

と訊《き》くと、深月はうなずいて、

「私、最近ちょっと変なのよ——気になって気になってしょうがないの」

「なにがよ？」

「だから、レモン・クラッシュよ。いや、私も噂でしか知らないことなんだけど、そのはずなんだけど——なんか私はその〝きらきらとした光〟に呼ばれているような、そんな気がしてならないのよ」

その眼はやはり、妙に真剣だった。

3.

月天公園の広大な敷地の大半は保護された原生林である。そのうちのごく一部だけが、ハイキングコースなどの目的で開放されているのだ。原生林と言っても、実は戦国時代に伐採されたり植樹されたりとかなり〝改造〟が加えられていて、太古の昔からこのままだったというわけではない。

公園を見おろすような小高い山の上に城があるのはその名残《などり》であるが、これもこの城そのものは昔からあるものではない。観光用に近代になってから建てられたもので、昔の物を復元したわけではなく、鉄筋コンクリート製で中には電気も通っており、冷暖房とエレベーターが完備されている。

「――いや、無理だろ？」

千春は思わず声を上げた。

彼ら男子三人組は、学校からそのまま城の前に来ていた。

公園の前は、すぐ近くに駅とバスターミナルがあり、繁華街とも隣接しているので、待ち合わせ場所としても使われていて人でごった返している。

「ほんとに中条がここに来ていたとしてもさあ、俺たちがあいつを見つけられる可能性は限りなく低いと言わざるを得ないんじゃないのか」

もっともらしい顔で、もっともらしい口調で言う。その横から万騎が、

「それって数学の森田《もりた》の真似？　似てねーな」

と笑いながら言うと、千春はあわてて、

「馬っ鹿、違うよ。たまたま似ちまっただけだよ」

「どーだか。千春はホントに笑いに貪欲だからなあ。お笑い吸血鬼だもんな」

「誰がニンニク苦手だよ。餃子《ぎょうざ》大好きだっつーの」

二人がじゃれあっている間にも、百太だけがきょろきょろと周囲を見回している。

（……あれか……？）

見上げる先には、聳《そび》え立つ城があり、その屋根瓦に傾きかけた太陽光がきらきらと反射している。

その光が自分に当たるように、ちょこちょこと移動する。しかしちらちらと眼に入る程度で、とても光に包まれているというような感じではない。

「ここじゃないなあ……」

百太がぼやいていると、その彼のことを見ている女子高生たちがいて、くすくすと笑っている。

レモン・クラッシュを探してんじゃないあの子、とかなんとか言われているのが耳に入って

くる。馬鹿にされているのだが、

(まあ、少なくとも噂が広まってるのは確かなんだなあ)

と納得する。その背後からどん、と千春たちに蹴《け》られる。

「おいおい、笑われてんぞおまえ。恥ずかしいな」

「痛えな、何すんだよ。付いて来いって言ってねえだろ。帰れよ、おまえらは」

「せっかく心配してやってんのにそれはねーだろ」

「嘘《うそ》つけ、面白がってるだけだろ」

「まあそれは否定しない」

「右に同じ」

千春と万騎は揃って、ひひひ、と笑った。百太は苦い顔で口を尖らせる。

「おまえらって、本当に意地が悪いっつーか、根性曲がってるよな」

「それはおまえも同じだろ。わかってる? 今おまえがやってることってほとんどストーカーすれすれだぞ?」

千春にそう言われて、百太はちょっと顔を引きつらせる。

「い、いやこれはそういうんじゃなくて――」

彼が言いかけた、そのときだった。

ちら、と視界の隅を何かが横切る。

眼で追い掛けようとすると、あさっての方に逃げていく。黒っぽい影だった。そのシルエットは、ちょうど、

（コウモリ、みたいな――？）

自然が近いのだから飛んでいてもおかしくないのだろうが、真っ昼間から出てくるものだろうか、と考えていると、向こうの方で、ざわざわと人が騒いでいるのが聞こえてきた。

「なんだ……？」

三人組もそっちの方に注目すると、そこには今さっき、百太のことを笑っていた女子高生たち二人をみんなが注目していた。

その理由は、二人の様子がおかしかったからだ。彼女たちは向かい合わせで立っていて、その手を前に伸ばしていた。

指を曲げて、その先端を喰い込ませていた――それぞれの首を絞めていた。ぎりぎりぎり、と音が聞こえてきそうな程の力で、お互いの喉《のど》を潰《つぶ》そうとしていた。爪《つめ》が皮膚を裂いて、血が噴き出していた。

そして何よりも異常なのは、二人の表情だった。

二人とも笑っていた。さっき百太を嘲《あざけ》ったときのように、無邪気な笑顔で、視線を空に向けて、へらへらしながら仲良しの友だちを絞殺《こうさつ》しようとしているのだった。自らも殺されながら――。

「な――」

周囲の人間たちは数秒、茫然《ぼうぜん》としてしまっていたが、すぐに、

「お、おい何やってんだ？」

「やめろやめろ！　離れろ！」

と二人に駆《か》け寄って、それぞれの身体を引き離そうとした。しかしすごい力で、なかなか離れない。そして騒ぎを聞きつけた公園前の交番勤務の警官が駆けつけてきて、やめなさい、やめなさいと二人を強引に引き剝がす。

女子高生たちは、やっと離れた――それと同時にその場に崩れ落ちて、気を失った。

「な、なんだったんだ？　喧嘩《けんか》か？」

「とにかく救急車を呼ぼう」

みんながざわざわしていると、その中でひとりぽつん、と突っ立っている人影がある。

それはたった今、女子高生たちを助けた警官だった。

「…………」

彼はうつろな視線を空に向けていた。

その表情は締まりがなく、だんだん唇の端が吊《つ》り上がってくる。にやにや笑い始める。

「…………」

そして彼は、すっ、と腰に差してある拳銃をいきなり引き抜いた。

わっ、と皆がざわめく中、警官はその銃口を周囲に向けていき、そのまま自らのこめかみに押し当てた。

にこやかな表情——その口が震えるように動いて、言葉が洩《も》れ出す。

「……ダ、ダダダダダ、ダン、ダダン、ダンス、ダンス、ダンスダンスダンスダンス……ダンス……」

そして引き金が引かれる——悲鳴が上がる。だが銃そのものからは、かちり、という軽い金属音が響いただけだった。警官の銃は一発目には弾丸が装填《そうてん》されていないのだった。

警官の身体は引き金を引いただけで満足したかのように、笑った顔のまま後ろに倒れていった。

ごん、という鈍い音と共に頭を強打し、そのまま気を失う。

周囲はこの状況の異様さに声もなく、しーん、と静まり返っている。

男子三人組も絶句してしまっていたが、その中で百太は見た。

（……ん？）

倒れ込んだ警官の身体から、黒っぽいものがふわりと浮かび上がって、空へと消えていくのを——そのシルエットは、

（コウモリ――？）

その影はすぐに視界の隅に消えて、眼で追いかけても間に合わず、どこかへ消えてしまった。

きょろきょろと見回すが、しかしそのコウモリが見えたのは彼だけのようで、他の者は誰も気づいていないようだった。

（な、なんだ――なんで……？）

彼が茫然としている間に、他の警官たち等も駆けつけてきて、ふたたび周囲にざわめきと騒々しさが戻ってくる。

「…………」

「おい、どうした百太。大丈夫か？」

万騎に訊かれるが、答えようがなく首を頼りなく左右に振ることしかできない。

その内に救急車なども来たり、警官に「道を空けてください」と注意されその場から離れるように指示されると、三人組もおずおずとその場から去っていった。

4.

「――救急車？」

サイレン音を遠くに聞いて、歌上雪乃はかすかに眉をひそめた。

彼女は、友人たちと別れてから、その足で問題のレモン・クラッシュがよく出現するという公園に来ていた。

(何かあったのかな——でもまあ、今はこっちの方が気になるか)

彼女はきょろきょろと辺りを見回して、それらしい反射光の収束点を探す。

彼女がここに来たのは、もちろん中条深月のことが気に掛かるからである。

レモン・クラッシュのことが気になる、と彼女は言っていた。

「なんだろう、それはそういうのがあったらいいなとか、怖いなとか、そういうんじゃないのね。もっとこう生々しいというか。お腹が空《す》いてるときにラーメンの匂いを嗅《か》ぐと、そのことで頭がいっぱいになるでしょ？　そういう感じなのね。気が付いたら、そのきらきらした光のことばかり考えてるの。いや、別に楽しいわけじゃないのよ。むしろそれを考えてるときには、爪を噛《か》んだり貧乏揺すりしてたり、一度なんかテスト中に考えちゃって、わあ、と大声を上げちゃって恥をかいたこともあるわ。何か願い事があるってことでもないの。とにかく、意味もなく、ただ気になって気になってしょうがないのよ」

だがこんなことは他人に言ってもなかなか聞いてもらえないし、下手《へた》にレモン・クラッシュのことを信じてるような人だと妙な受け取られ方をされそうで嫌だったところで、

「あんたたちのことを想い出したの。あんたたちなら私が変なら、変だよって言ってくれるって思ったの。ほら、あんたたちってちょっと現実的っていうか、夢みたいなことを言って喜ん

だりしてなかったじゃない。アイドルの誰かとデートしたらどうだろうって話にも〃どうせつまんないわよ〃とか言ってたじゃない。それで——」

そう言って、雪乃と藤花のことを上目遣いに見つめてきた。雪乃は反応に困ったが、藤花は即座に、

「いや、変じゃないと思うよ」

と言った。うん、とうなずいて、

「ていうか、なんか頭に引っかかって気になってしょうがないなんて、誰にでもあることでしょ? テレビでクイズの答えを聞きそびれて、その夜ベッドの中で正解はなんだったんだろうって思って寝付けないようなものよ。そんなのいちいち気にしてたらなんにもできないわ」

と簡単な口調で言った。その口調があまりに軽いので、雪乃はつい、

「で、でも藤花、深月は結構マジに悩んでるっぽいし」

と口を挟んでみたら、深月の方が、ううん、と首を振って、

「そうそう、そういうことを言って欲しかったの。こんなの大したことじゃないって。そうよね、ちょっと私は、アレが頭に引っかかってるだけのことよね」

と、自分に言い聞かせるような調子で言う。しかしその態度に、またなにか思い詰めたような切迫さがある。

「み、深月——あのさ」

と雪乃が言いかけたところで、藤花が、

「ていうかさ、それって悩みは別のところにあるんじゃないの、実は。ほんとうはそっちの方が気になってんだけど、それを意識したくないから別のこと考えてるとか」

と言った。その眼は悪戯《いたずら》っぽく光っている。

「えー、それって何よ」

「とぼけないでよ。気になってる男の子とかいるんじゃないの？」

「またまたあ、それはあんたでしょ、藤花。例の先輩とはどうなってるのよ？」

「いやいや、今は私のことじゃないでしょ？」

二人はきゃっきゃっ言いながら仲良く話をしている。しかし雪乃だけは、その輪の中に今ひとつ入ることができなかった。

深月は何かに取り憑《つ》かれているのではないか、あるいはそうなりかけているのではないか――その疑念が心の中に影を落としていたのだった。

それで、またねと言って三人娘が別れた直後に、その問題の場所に直行したのだ。

（レモン・クラッシュの噂そのものには信憑性《しんぴょうせい》はない――だが歪んだ形で伝わっている可能性はある。だとしたら、本当はどのような作用が生じるものなのか――）

そんなことを考えながら、城を見上げる。

光は多少、ちらちらと反射がまたたいて見えるものの、それほどの光ではない。包まれるというにはほど遠い——その間にも救急車の音が近づいてきている。

（こっちの方に来ているのか？　ここで何かあったのか——）

人がその方向に流れていく。野次馬がなんだなんだと集まりかけているようだった。

雪乃もそっちの方に行こうとして、そこで、

「——ん？」

と気づいた。

人の流れから外れて、公園の隅の方でひとりの幼い少女が泣いている。

彼女は公園の、自然保護のため立入禁止の柵の前で立ちすくんでいる。見るとその柵のところに青い風船が引っかかっている。

「えーん、えーん——」

女の子が泣いていて、高い柵の上では風船が揺れている。

誰がどう見ても事態が明らかな光景である。しかし周囲の大人たちは騒ぎの方に注意が向いていて、誰も女の子のことには関心を払わない。

「…………」

雪乃は眉をひそめた。関係ないことであり、どうでも良いようなことである。無視して構わないことだった。

「…………」

しかし視線を外してそこから離れようとしたところで、その唇が尖ってしまう。ちっ、と舌打ちして、そしてきびすを返して女の子のところに戻っていった。

ん、と顔を向けてきた少女に、雪乃はうなずいて、

「ちょっとだけ、眼を閉じてて」

と言う。女の子がこくん、とうなずいて瞼を閉じたところで、雪乃は——合成人間メロディ・クールは動いた。

二メートル以上ある柵の前で垂直にジャンプし、引っかかった風船を取る。どんなアスリートでも絶対にできないことを平然とやってのける。しかしこういうことを人前でしてはいけない、と統和機構の上の方からは厳しく言われているのに、ついやってしまうからバレー部の勧誘などを受けるハメになってしまうのである。風船は風に煽《あお》られたあげく、かなりしっかりと紐《ひも》が絡《から》んでしまっていたので、外すのはあきらめて、能力で斬る。

〈スティル・クール〉という名のその特殊能力は、指先から収束した生体波動を放って物体を分断するというものだ。その威力は超高圧水圧カッター並みで、対象物の硬軟問わずに戦車装甲さえも切り裂いてしまう。そんな大仰なもので、風船の紐だけを的確に、ちょっとだけ、ぴっ、と切断する。

離れた風船をすかさず摑んで、下に降りる——この間、わずかにコンマ三秒。

すとっ、と着地して振り向き、女の子に向かって、

「はい、もう眼を開けてもいいよ」

と言うと、女の子がおずおずと瞼を開けて、そして「わあ」と歓声を上げる。

「ありがとう、お姉ちゃん！　でも、どうやったの？」

「え？　あ、あー——魔法よ、魔法」

雪乃はちっと引きつりながら適当にごまかす。女の子は興味津々《しんしん》、という顔になり、

「えー、教えて教えて」

と迫ってきた。雪乃はさらに引きつりながら、

「い、いやその、えーと、魔法のタネは他人には絶対に教えちゃいけないことになってるのよ。ごめんね」

しどろもどろになりながら言うと、女の子は「ふうん」と首を傾げて、そして、

「でも、ほんとうは教えたいんじゃないの？」

と言った。え、と雪乃が眉をひそめると、少女はさらに、

「だって、それがあなたの願いなんでしょう？　みんなに自分の秘密を知ってもらいたい、本当の自分をわかって欲しい、って」

と言った。

「——」

雪乃は一歩、少女から後ずさった。そんな彼女を女の子はにこやかに微笑みながら見つめて

いる。

「それができたらなあ、っていつでも思ってるんでしょ？　仲良しの友だちに隠し事なんかしたくないのよね、ねえ？」

その少女の顔——なんだか見覚えがある。よく知っているような気がする。でも会ったことは一度もなくて、これからも会うことなどあり得ないその顔は——どうやら雪乃自身の幼いときの顔なのだった。

「こ、これは……?!」

幼い彼女は、さらに雪乃に近づいてきて、

「あなたの心の底にある願い事って、自分でわかっているかしら。それが繋がっている先に、なにがいるのか——」

「ま、まさかこれは——」

どう考えても異様な雰囲気であり、非常識な状況であり、それはつまり……

「——MPLS現象……！」

レモン・クラッシュ——それが今、彼女を襲っているのだろうか、と彼女がそう思い至った瞬間、そいつが来た。

いつのまにか背後に立っていた。ぶん、と空を切って凶器を振り回してくる。

はっ、と紙一重《かみひとえ》でその一撃を避ける。それは巨大な鎌《かま》だった。

全身が暗闇色だった。頭から足下まで、すっぽりとフードを被っていて、そこから覗《のぞ》いている大鎌を持つ手と顔はどう見ても、肉のない剝《む》き出しの骸骨《がいこつ》だった。

かたかたかた、とその骸骨が骨と骨とを打ち鳴らして笑い声のような音を立てる。

「――?!」

大鎌を持った骸骨……それはあまりにもありふれた、死神のイメージだ。

(死神って……まさかこいつ、噂のブギーポップなの?)

その死神はすぐにまた襲ってきた。彼女は戸惑いながらも必死で攻撃を避ける。しかしその大鎌の攻撃はとんでもなく速く、彼女の強化された肉体の動きにも簡単に追いついてくる。

(――くそ、しかし……!)

彼女は手刀《しゅとう》を繰り出して、攻撃する――振り回してくる相手の鎌の切っ先めがけて。

(私の〈スティル・クール〉はなんでも切断する無敵の剣だ――切れ味では誰にも負けない!)

鎌の刃先を捉えて、そして切り裂く――だがその感触がない。

彼女の手刀は鎌をすり抜けてしまった。実体のない影を攻撃したような感触だった。

幻か、と思った次の瞬間、彼女の腕にぴいっ、と赤い線が走って、そして――そこから血が噴き出す。

「な――?!」

斬《き》られた……だが、いつの間に?

鎌にはそこを触らせなかったのに、全然関係ないところがやられた。これはいったいどういうことなのだろう?

(なんだこの、こいつ――ブギーポップ?)

これまで見つけたいと思っていたのに全然手がかりがなかったのに、どうしてこんな突然――それも他の現象にも襲われているらしいときに、重なるようにして――そんなことがあるのだろうか?

かたかたかた、と骸骨の骨がまた音を立てて彼女を嘲笑《あざわら》う。

このやろう――と頭に血が上って、また突撃しようとしかけた、そのときだった。

口笛が聞こえた。

それは妙に真面目に、綺麗《きれい》に、クラシックの曲を奏でていた。ワーグナーの曲だった。場違いにも程があった。そのあまりの奇妙さに、メロディ・クールは冷や水を浴びせられたように、はっ、と我に返る。

そして続いて、声が聞こえた。

「――君は、本当にこんなものを願っているのかい?」

それはからかうような口調で、男だか女だかわからず、しかし――やっぱりどこかで聞いたことのあるような声だった。

声のした方を、つい反射的に見てしまう……そこには声と同じくらいに奇妙な者が立っていた。

筒《つつ》のような形の黒い帽子に、黒いマントで身を包んでいる。大鎌を持った死神のそれと似ているようで、なにかが決定的に違っている。

もっとこう、印象が弱い——影が薄い。どういうヤツなのか、説明に困るような……帽子の陰に半分隠れていて顔はよく見えなかったが、黒いルージュがひかれているその唇が、左右非対称の変な形に歪んだ。それは笑っているような、嘆いているような、なんとも言い難い不思議な表情だった。

「君は、手柄を立てたいってタイプじゃないだろ?」

やっぱり、とても馴染《なじ》み深いような、でも知らないような——と考えかけて、はっとなる。しまった、今は戦闘の真っ最中であり他のヤツに気を取られている余裕は——と慌《あわ》てて視線を戻して、そして彼女は、ぎょっとした。

何もいなかった。

骸骨の姿は影も形もなく、そして自分の幼い姿をした少女もいなくなっていた。

周囲を見回す——黒帽子も眼を逸《そ》らしている間に、どこかに消えてしまっていて、彼女はひとり、その場にぽつんと取り残されていた。

「な——なによ、これ——なんなのよ……?」

視界の隅をなにがよぎる。コウモリのような形をした影が。

5.

「………」

公園の隅の方で、男子三人組のひとり的場百太がぼんやりとベンチに座っている。

救急車が来たり警官が集まったりしていた騒ぎも収まりかけているが、まだ人々は向こう側に野次馬として集まっているので、彼の周囲には誰もいない。

他のふたり、弓原千春と矢嶋万騎はそれぞれ「ジュース買ってくる」「トイレってどこだ」と行ってしまったので、仕方なく百太は一人ここで待っているのだった。

「………」

あれはなんだったんだろう——と、彼はまだ混乱していた。

なんであの女子高生たちはいきなりお互いの首を絞めだしたのだろう。そしてそれを止めようとした警官にまで異常が感染したようだったが——それに、

(どうしてあのコウモリは、俺にしか見えなかったんだろう……?)

いい知れない不安が湧き上がってくる。自分が底無しの沼に気づいたら塡《はま》ってしまっていたような、蛇《へび》にいつの間にか嚙まれていて、その毒が知らない内に身体の中を巡っているような、ざわざわと足下から這《は》い上がってくる、形にならない恐怖が。

縮こまって震えたらいいのか、叫びだして走り回ればいいのか、それさえもわからない苛立ちがあった。

「うう……くそっ、ちくしょう――」

何に対してかわからない罵《ののし》りが口から漏《も》れる。すると横から、ふいに、

「ここでは何かが起こっているね」

という声がした。顔を向けると、隣のベンチに座っているヤツがいる。いつそこに来たのかわからなかったが、注意を払っていなかったからそれほど驚きもない。

「なにか奇妙なことが生じている、そうは思わないかい」

そう言ってくる、そいつ自身がとても奇妙だった。まず少年なのか少女なのかわからない。頭には筒のような黒帽子を被って、マントで身体をくるんでいる。中性的な顔には黒いルージュまでひかれている。

とても変であるが、しかし近寄りがたい雰囲気はない。なんだか周囲に溶け込んでいるような印象さえある。

「あんたは――？」

思わずそう聞いてしまったが、黒帽子はこれに、

「君はぼくのことを知らないから、名乗っても意味はないよ」

とますます妙なことを言う。なんだかわからないが、しかしそれ以上問いつめようという気

にも、何故かならない。

（でも、どっかで見たような気もするんだよな――なんでだろ）

彼には当然その正解が脳裏に浮かぶことはなかったが、それは彼が恋する少女がクラスメートたちに「これが私の中学時代よ」と言って見せていた写真の中に写っていた人物のひとりと、まったく同じ顔をしていたから、そう感じたのであった。さすがにそんな細い糸からすぐに思い至ることはできない。

そんなもやもやした気分の彼に、黒帽子はさらに話しかけてくる。

「君はどうだい、なんでこの場所に来たのかな？」

「それは――」

「レモン・クラッシュかい」

ずばり当てられて、少しびくっとする。

「あんたも、アレを知ってるのか？」

「さて、知っているような、そうでないような。無責任な噂は信用しない方がいいしね」

「噂かあ――でも、本当にそれだけなんだろうか」

そう呟くと、黒帽子は、

「心の奥底の願い事を叶える――それが本当だとして、君だったらどんな願いが実現してしまうと思う？」

と質問してきた。百太は一瞬絶句し、それから顔がどんどん赤くなってきた。

「そ、そんなことは言えねーけど……」

照れる百太に対し、黒帽子は静かに、

「今、君が考えたことがどんなものであれ、そこには君なりのフィルターが掛かっている。常識というフィルターが」

と言った。百太は首を傾げて、

「なんのことだ？」

と訊いた。黒帽子は彼のことを見つめてきて、

「もしも真に、誰であれ、どんなものであれ、より強い願望を叶えるというものがあるとしたら、それが行き着く先というものはなんだと思う？」

と訊き返してきた。百太が返事をできないでいると、黒帽子はさらに言葉を続ける。

「あらゆる願望には表と裏がある。果てまで到達した願望は必ず裏返しになる。美味しいモノを食べたいという願いはすぐに満腹という限界に到達し、もういらないという放棄に至る。金が欲しいという願いもいずれは金ではない名誉や尊敬が欲しいというものに変わっていく。他人の愛という束縛《そくばく》と自分ひとりの孤独という自由とを交互に求めるのが、人間の本質だ。そういう裏表の願望の究極にあるものとは、いったいなんだと思う？」

「……………」

「君はどうやら、その一端を既に体験しているようだ。それを間近に見た――違うかな」

「お、俺が――」

百太はごくり、と生唾《なまつば》を呑《の》み込んだ。黒帽子が何を言おうとしているのか、彼にもおぼろに理解できたからだ。

「つ、つまりさっきの、あの女子高生たちや警官は、あれは――」

「人間の究極の願望は、実はもう叶ってしまっている――誰でも思っている。いつでもそう考え続けている――〝生きていたい〟と」

黒帽子は淡々とした口調を崩さない。それはそういったことは全部、こいつにとっては遠い他人事《ひとごと》だから、かも知れない。

「だから、それを放棄しようとするとき、その願望は他のありとあらゆる願望を消し去ってしまう――〝死んでしまいたい〟という気持ちが、他を圧倒する」

「…………」

「もしもレモン・クラッシュというのが本当に存在するのなら、人間の心の奥底の願いを無理矢理に引きずり出すのならば、その先にあるのは、人間がこれまで積み上げてきた歴史をすべて〝なかったこと〟にすることしかないだろうね」

黒帽子はそう言って、ふうっ、とかすかに息を吐いた。そして百太のことをあらためて見つめてくる。

「君は、何かを見たんだろう……何を見た？」

「いや、俺は——なんか変な、コウモリみたいな——」

「それが、異変を起こした人間たちに接触していたのかい」

「いや、よくわからないけど——でも、なんか〝ダンス〟とか言っていたような」

「なるほど」

黒帽子はうなずいて、そして、

「ではそれのことを〈バット・ダンス〉と呼ぶことにしようか」

と言った。その言い方はなんだか軽かった。

「呼ぶ、って——」

「呼び名がないと、そいつを定義できない。ぼくはさておき、君は得体の知れないものに対して恐怖を感じるんだろう？　ならば名前はあった方がいい。ジャングルの奥の黄金魔獣というよりも、虎、といった方が怖くないだろう？」

「い、いやそうじゃなくて——なんでそんなことを俺に言うんだよ？」

百太がそう言うと、黒帽子は不思議そうな顔をした。

「だって君は、これからそいつと戦わなきゃならないからさ」

当然だろう、という調子である。

「は、はあ？　なんで？」

「ぼくに訊いてもしょうがないだろう。君自身がもう、逃げることができないって思っているんだから。違うかい？　君はこいつを放り出して、このまま生きていくのかな」

そう言われて、ぐっ、と百太は喉の奥に固いものを押し込まれたような顔になった。

彼は確かに見てしまったのだ――彼が〝いいなぁ〟と感じた少女が、思い詰めたような顔で「レモン・クラッシュ……」と呟いているところを。

あれを見てしまっては、もうそれを無視して、忘れてしまうことなどできるわけもなかった。

「お、俺は――」

「君だけではないんだ。誰だってそうなんだ。どんな人間でも、いつでも世界の敵と戦い続けている。本人が自覚しようとしまいと、ひとつひとつの小さな決断が世界の運命を決めてしまっているのさ」

黒帽子は、どこか投げやりにそう言った。

「おまえは――なんなんだ？」

百太がふたたび、このもっともな疑問を口にした。しかし黒帽子は、この問いに対して笑っているような、呆れているような、困っているような、なんとも言い難い左右非対称の表情になって、

「ぼくがなんなのか、君は知らないと思うよ」

と言うだけだった。そしてそのとき、背後から、

「おい百太、お前に頼まれたコーラはダイエットのヤツしかなかったぞ」

という千春の声が響いてきたので、びくっ、と振り向くと、友人がこっちに戻ってくるところだった。

「どうした、なんか変な顔してんな」

そう言われて、彼は、

「だってこんな――」

と黒帽子の方に振り返ると、もうそこには誰もいなかった。

「何きょろきょろしてんだ」

「いや、今――」

と言いかけて、しかし百太は千春が歩いてきた方角からだと、黒帽子の座っていた位置は植え込みなどで隠れていて死角になっていたことに気づく。

(言っても――信じてもらえないかな)

すぐにそう悟《さと》った。渋い顔をしている百太に、千春は、

「なんだよ、別にダイエットコーラでもいいだろ。そんなにこだわりあんのか?」

そう言いながら缶を投げつけてきた。百太は焦りながらキャッチする。

「いや、そうじゃねーけどさあ……」

ぼやきながら缶を開けると、炭酸がぶしゅっと、派手に吹き出した。

そこに万騎もふらふらと戻ってきた。彼は空を見上げながら、

「なんかもう帰った方がいいんじゃね？　雨が降ってきそうだぞ」

と言った。

＊

……そこから少し離れた公園の外れに、一人の少女が立っている。

「…………」

三人娘のひとりにして百太の想い人、中条深月である。彼女は急速に暗くなっていく空を睨みつけている。

その視線の先で、ふわふわと空にさまよっているのは先刻、メロディ・クールが手にしていた風船だった。それはすぐに空の彼方に消えて、見えなくなる。

「…………」

深月の眼は、ついさっきまでは陽光を反射してきらきら光っていた城の屋根瓦に向けられた。

その唇がかすかにわないて、そして言葉が洩れ出す。

「……バット・ダンス――」

確かにそう言った。そしてその足が、げしっ、と平らな地面を激しく踏みつけた。

そこにはコウモリの影があった。踏まれた影は、曇っていく空の光が薄れていくのと同時に、かすれて見えなくなった。

CRUSH 2

プーム・プームは水の中
空気のことを怖がってる——

1.

弓原千春には変わった習性がある。

履《は》いている靴下が、ほぼ例外なく右か左か、どちらかが裏返しになっているのだ。うっかりしているのではなく、わざとそうしているのである。だから靴下を買うときは、裏地と表地に差が生じないように無地のものしか選ばない。

ファッションではない。きちんと揃っているのが嫌なのだ。

カッチリとした、綺麗に整って一分の隙《すき》もないものを見ると、どうしてもその一部を崩さずにはいられないのである。これは昔からずっとそうで、子どもの頃に近所の子が砂場で見事なお城を造ったときに、どうしてもそれを見ていられなくなり、その子から見えない後ろの部分を、ごりっ、とえぐり取ったことがある。別にその子が嫌いというわけでもなく、城が気にくわなかったわけでもなく、とにかく見事な出来というのがなんか耐えられなかったのである。その城は結局乱入してきた別の年上の子に踏み潰されてしまったのだが、それを見てもスッキリしたりはせずに、泣き出した子を慰めたりもした。一部が壊れてしまえばもうそれが耐えられないということもなくなるのだった。

部屋を掃除したりするときも、全部丁寧《ていねい》に片づけるということが耐えられない。だから必ずどこか、隅の方に紙屑《かみくず》を転がしておいたりする。そこ以外はぴかぴかに磨いてあっても、ほんの少しだけ崩れているとそれだけでほっとするのだった。

困ったことにこの癖《くせ》はどんなときでも働くので、テストの時に全部の答えがわかっていても、百点満点というのが耐えられないので、わざと間違えたりする。もちろん答えがわからないときにはそんな心配は無用なのだが、しかし自分で「合ってるんじゃないか」と思ってしまったらもう駄目である。崩さずにはおれない。

誰も彼にこんな変な癖があるということは知らない。ほんの少しで良いので、他人から崩していることがバレないのだ。いつでもつるんでいる二人の悪友たちも、当然のことながら気づいていない。

「でもよ、レモン・クラッシュってよ」

千春は公園に来てから、なんだかぼんやりとしている百太に話しかけた。

「きらきらした光って、それってただの貧血なんじゃねーの?」

からかうようにそう言っても、百太の方はあまり反応せずに、

「——おまえはおめでたいな」

と、ため息混じりに言った。やっぱり妙に深刻なムードである。

「どうしたどうした? なんか変な顔してんな」

万騎が訊いても、百太は浮かない表情である。万騎は顔をしかめて、

「でも、もう気がすんだろ？　なんか疲れちまったよ、俺は。変なことも起きたしさあ」

「あれって何だったと思う？」

「いや、別にあの女同士が前から喧嘩でもしてたんじゃねーの。警官は変な薬をやってた、とか」

「まあ、最近は色々と危ないらしいからなあ。巻き込まれなくてラッキー、ってことでいいんじゃないか」

「おまえら――」

百太は少し苛立った眼になったが、すぐに立ち上がって、

「ああもう、おまえらは帰れよ。雨が降りそうなんだろ？」

「おまえはどーすんだよ？」

「俺は――別にいいだろ」

「なんだよ、まだ中条を捜してうろつくつもりか？」

「なんかおまえ、ムキになってるだけじゃねーのか。俺たちがイジったから」

「うるさいな、そんなんじゃねーし。そもそも付き合ってくれって言ってねーだろ」

「そうだよなあ、付き合って欲しいのは中条だもんな」

「なあなあ、中条に告白《こく》るとして、おまえどんな風に言うの？　ストレートに〝付き合ってくれ〟って言うの？」

「ああいう澄ましたタイプは意外に情熱的に迫って欲しいんじゃねーか」

「あれか〝君が欲しい〟とかか?」

「欲望丸出しだな、おい」

「ああもう、いい加減に黙って――」

百太が我慢できなくなって、悪友二人を追い払おうとしたときに、矢嶋万騎が突然、

「――あれ?」

と妙に遠くの方を見ながら声を上げた。なんだ、と百太と千春もそっちの方を見ると、かなり離れたところに少女が一人歩いていた。しかし遠いので、二人の視力ではそれが誰なのか識別できなかったが、

「――もしかしてあれって、マジに中条じゃね?」

と万騎が言ったので、そう言われればそんな風にも見えてきた。

「やっぱり来たのか――」

百太はすぐに、そっちの方に走り出していった。

万騎と千春は顔を見合わせたが、肩をすくめて、友人の後を追いかけていく。

千春はふと思ったことを訊いてみる。

「でもよく見えたな、万騎」

「ああ、俺って視力いいから。左右とも二・〇だし」

「いや、そうじゃなくて——よく見つけられたな、ってことで。どんだけ注意深いのおまえ？」

「女だから見つけられた、って言いたいのかよ。まあ反論はしないけど」

けけけ、とふざけた笑いをする万騎に、千春は少しだけ訝《いぶか》しげな視線を向けていたが、やがて、まあいいか、と百太の方に視線を戻した。

百太は背が小さいので、すぐに人混みに紛れて見えなくなる。千春はその度に足を停めるが、万騎の方は常に標的を捉えているようで、すいすいと進んでいく。千春はだんだん遅れていき、そして少し面倒くさくなってきた。

「おーい、万騎。俺はもう帰るよ」

と言っても、友人から反応はなかった。百太も万騎もたちまちどこかに消えてしまう。

（すげえ執念《しゅうねん》だな、あいつら——百太はさておき、万騎のヤツはなんだ、中条と百太がどんな話をするのか覗きたいのか？）

まあ彼も興味がないと言えば嘘になるが、それを見たいから熱心になるか、と考えるともう、いつもの癖が出る。一点に集中している感じがもはや不快である。崩さずにはいられない。

それに——なんとなくこの公園自体に、あんまり長居したくない気分でもあった。あまり意識しないようにして、そっちの方を見ないようにしているが——あの巨大な城。

（あれって、もしかして左右対称とかだったりするのかな）

それを確認してしまうと、なんだか嫌な気分になる。じろじろと観察して、やっぱりそうだということになると、すごく不快になるだろうと思うので、彼は、あえて城の方には視線を一切向けていない。しかし何かの弾みで見てしまって、それが見事に美しい、というようなものであると思ったら、耐えられないで何をしでかすか、自分でも自信が持てない。だから、ここにはあんまりいたくない。

（まあ告白のときに一緒にいたら、絶対にぶち壊しちまいそうだから、ここは百太のためにも引き下がってやろう）

　そんな風に思って一方的に心の中だけで友人に恩を売ってやったような気分になりながら、千春は帰路に就《つ》こうとした。

公園から出ようとしたところで、そんな彼の背中をちょんちょんと突っつく感触がある。万騎かな、と振り返った彼は、そこで、

「――――」

　と絶句してしまった。

「や、弓原くん」

　と彼を呼び止めたそいつは気さくに話しかけてきた。

「や、やあ――」

「何でそんな風に、まずいところで会ったみたいな顔してるの？」

「いや、それは――」

「私のことを捜していたから、じゃないのかな、弓原千春くん？　んん？」

そいつは紛れもなく、彼のクラスメートにして友人の想い人、中条深月なのだった。

2．

「別に俺は、おまえのことを捜してたわけじゃなくて——」

「捜していたのは、的場くんかしら」

百太のことも知っているようである。この女、なんなんだ——と千春が思ったところで、彼女は一歩、彼に近寄ってきて、顔を寄せて、吐息が感じられるくらいまで接近して、

「でも私は、どっちかというと弓原くんの方がいいかなあ」

と言った。

「なな？」

「ほら、的場くんって少し頭が固いっていうか、思いこんだらそのまま、って感じじゃない？それよりも弓原くんの方が発想が柔軟そうじゃない？」

「な、何の話だよ？」

「あら——」

動揺する千春に、深月は悪戯っぽい笑みを浮かべながら、

「私が〝レモン・クラッシュ〟を探していることは、あなたたちは知ってるんでしょう？」

と言ったので、千春は仰天《ぎょうてん》した。

「ど、どうしてそれを知ってるんだよ？」

彼が訊くと、深月はくすくすと笑って、

「だって私が放課後に、一人で教室に残ってあれこれ考えていたときに、ずっと的場くん覗いてんだもの。独り言でレモン・クラッシュって私が呟いたら、寄り掛かっていたらしい壁が軋《きし》んでいたから、私が何を気にしてるのかはもう知られたんだな、って思ってたわ。違うのかな」

「――違わない、だろうな」

「でも的場くんじゃ頼りになりそうもないし、だからそのときは追いかけなかったんだけど――」

ちらり、と上目遣いに千春のことを見つめてくる。

「でも弓原くんを連れてきてくれたのなら、いいかな」

「ち、ちょっと待てよ。何の話だよ？　俺は別に……」

と言いかけたところで、深月が口を挟んできた。

「的場くんに悪い？　弓原くんは、彼への友情が何よりも大切なのかしら？」

うっ、と言葉に詰まる。何よりも、という言い方がどうしようもなく心に引っかかる。自分が透明樹脂に固められてしまったような息苦しさがある。

「た、大切ってことは……」
と彼が言おうとしたところで、その腰のポケットで携帯電話が着信を告げた。
百太からだった。思わず深月の方を見ると、微笑みながら、唇に指を、しーっ、と当ててい
る。困惑しながらも千春は電話に出る。
「……なんだよ？」
〃おう千春、今どこにいる？〃
「公園を出て、駅の前だけど」
〃こっちは中条を見失っちゃって。その辺にいないか？〃
そう訊かれて、一瞬うっ、と口ごもる。ちらちらと横目で深月の様子を窺《うかが》うと、彼女はずっ
と千春のことを見つめ続けていて、視線を逸らさない。
「……あー、あ——いや、見てみたけど、特に見あたらないけど」
いつのまにか、電話にそう応えていた。そっか、という百太の残念そうな声がしたので、つ
い、
「でもさあ、本当に中条がいたのかな。万騎のヤツが適当なこと言ったんじゃないのか？」
とか言ってしまう。しかしこれに百太は、
〃いや、俺も見た。あれは確かに中条だった。やっぱりあいつは、レモン・クラッシュに取り
憑《つ》かれているんだよ〃

と断言した。

「そうかなあ、考えすぎだと思うけどな……」

喋《しゃべ》りながらも、ずっと深月の視線を感じている。

電話を切ると、すぐに彼女は、

「ありがとう、弓原くん」

と言ってきた。千春は渋い顔で、

「別に礼を言われる筋合いはねーよ」

と言い返したが、その声には我ながら力がない。

「弓原くんは、レモン・クラッシュって信じる？」

「いや、全然。馬鹿らしい噂だよ」

「じゃあ、女の子の気まぐれに付き合うつもりはあるかしら？」

「……は？」

「私と一緒に、レモン・クラッシュを探してくれないか、ってことよ」

「じょ、冗談じゃねーよ。何で俺がそんなことをしなきゃならないんだ」

「あら、理由がいる？」

「そりゃそうだよ。当たり前だろ」

「そうかなあ……女の子が頼んでるんだから、それだけで充分じゃない？」

「馬鹿言え、俺は別に、おまえのことなんか――」

「私は、けっこう弓原くんを気に入ってるんだけどなあ」

じっと見つめられながらそう言われて、千春の顔がひきつる。

(な、何だこの展開は――訳がわからねえ)

それまでは全然意識していなかったはずの女子でも、好意めいたものを向けられると、胸の奥からもやもやしたものが湧き上がってくる。

それはひどく不安定なもので、少なくとも、彼が嫌いなきちんと整理された感覚からはほど遠い気持ちだった。

＊

「――噂では、あの城からの光だというけれど、どうして城なんだと思う?」

深月が質問してきたが、千春にそんなことがわかるはずもなく、真剣に考える気もしないし、城の方を見るのもやはり嫌なので、

「別に城とかどーでもいいんじゃねーの。この辺、ってだけで」

と適当に言うと、深月は顔をぱっ、と輝かせて、

「そうそう、そういうことなのよ。さすが千春くんだわ」

と嬉しそうに言ったので、千春は面食らった。

「な、なんだよ？」

「噂ではこう、とか言われると、すぐにみんなイメージを固めちゃうでしょう？　そのうちに話が一人歩きして、どうしてその噂が生まれたのかっていう原因の方がぼやけてしまうのよね。困ったものだわ」

ため息をつくその横顔を見て、千春はドキリとした。

誰にもわかってもらえないだろうと思っていたことを、固めるのは嫌だ、というようなことを他人が言っているのを彼は初めて見たのだった。

（こいつって――）

千春がとまどっている間にも、深月は一人ですたすたと公園の、人気のない方に進んでいく。城からはどんどん遠ざかっていく形になる。

「お、おい――」

千春はついその後を追いかけていってしまう。もちろん彼の方が速いので、あっという間に追いついてしまう。横に並んで、その顔を覗き込む。

「な、なあ――おまえって、噂をあんまし信じていないみたいなんだけど、それなのになんで、そんなにレモン・クラッシュのことが気になるんだよ？」

「理由なんか必要？」

深月は迷いなく即答する。

「もっともらしい理由がなかったら、人は何も気にしちゃいけないのかしら」

「いや、そんな風に言われると――」

正直、文句はない。全然ない。むしろそういうことを言われると深くうなずいてしまう自分がいるのを千春は感じる。

(ううう……やばい、なんかやばいぞ……)

深月は早足で歩いていくかと思うと、ふいに立ち停まって周囲を見回したりする。仕方ないので千春も同じようにするが、何を注意していいのかさっぱりであるから、ぼんやりと空を眺めるだけだ。すっかり曇り空になってしまっているから、光がきらめくというようなことも最早ない。

しかし深月から眼を逸らしていた方がいいような感じもするので、無意味に空を見上げる。それでも時々、ちらちらと彼女の方を窺ってしまったりもする。

彼女の方も、千春の方を見ることがある。千春はそんなときになぜか眼を逸らしてしまう。急に空を見たせいか、大した光があるわけでもないのに、ちょっと眼が眩《くら》んだ感じがした。黒い染みのようなものが視界をよぎったような気がして、眼を閉じて何度か瞬きをする。するともう、その変な影は見えなかった。

なおもぱちぱちと瞼を開閉させていると、深月が彼のことを、じっ、と見つめていることに気づいた。

「……な、なんだよ?」

「今——なにか見なかった?」

まっすぐな眼である。それは嘘をつくことを許さない眼だった。千春はもぞもぞと落ち着かない気持ちになって、

「いや、黒っぽいものが見えたような感じがしたけど——気のせいだった」

と、珍しく正直に言った。すると深月は眼を細めて、

「ふうん——」

と、妙に疑い深げな調子で鼻を鳴らした。

「な、なんだよ。別になんかあった訳じゃねーよ」

「いや、信じないってことじゃないわ。ただ——意識化するには足りないのかな、って思って」

「は?」

突然に訳のわからないことを言われて、千春はまたしても困惑した。

深月はそんな彼を無視して、曇り空を見上げて、手をかざして、ぽつりと、

「ああ——雨が降ってきたわ」

と言った。

3.

すぐ近くに屋根のついたベンチがあったので、二人はとりあえずその下に入った。肩を並べて、隣りに座っている女子の体温を感じて、千春は心臓の鼓動が高まるのを感じる。

「ふう——」

彼女がすこし濡《ぬ》れた髪をかきあげると、なんとも表現できない不思議な香りがぱっと舞い上がって、千春の鼻孔をくすぐった。

耳の後ろが妙に熱くなってきた。顔が赤くなってんじゃないのか、と心配になる。そんな彼に、深月が話しかけてくる。

「ねえ、千春くん」

最初は名字だったのに、気づいたら馴《な》れ馴れしく名前で呼ばれている。しかしそれが不快ではない。

「な、なんだよ」

「千春くんは、意識していない願いって、自分にあると思う?」

「言われてもわかんねーだろ、意識してないんだから」

「ああ——だから、そんな気がするかって程度の話よ」

「そりゃあ、なんかはあるんじゃないのか」

「みんなもそう思っているのかしら」

「そうなんじゃないか。——つーか、おまえはどうなんだよ？」

「ん？」

「だから、おまえにもそういう願いがあるのか、って」

「千春くん、私に興味があるの？」

そう訊き返されて、千春はどぎまぎしてしまう。

「ば、ばっか。そうじゃなくってよ——」

あわてて否定しようとしたところで、突然雷がぴかっと光り、ほとんど直後といってもいい速さで雷鳴が爆音のように轟《とどろ》いた。

わっ、と思わず身をすくめてしまう千春に対し、深月は無表情で顔を上げたまま、その閃光と轟音を真正面から受けとめる。

そして立ち上がると、何を思ったか——突然に上着に手を掛けて、それを脱ぎ始めた。

「——え？」

千春が口をぽかんと開けている前で、深月はどんどん身を軽くさせていく。シャツのボタンに手を掛けて、それをひとつずつ外していく。そして、するっ、とその白い布地を下に落とす。

肩が剝き出しになり、肌が眩《まぶ》しい——しかしそれが途中で切れる。

彼女は下着の代わりに、水着を着ていた。色気のない学校のプール授業用の水着だ。シャツの次はスカートも脱いでしまって、彼女は水着だけの姿になる。靴も靴下も脱いでしまう。

服をベンチの上に残して、彼女はそのまま裸足《はだし》で前に歩み出ていく。

雷雨が降りしきる中に、水着の女子高生が出ていく光景はとても異様で不思議で、美しいのか笑ってしまうのか、なんとも言えない不安定さがあった。

「………」

千春は唖然としている。雨に打たれるままになっている深月が、ゆっくりと彼の方を振り向く。

「――どう思う?」

雨でぺったりと髪の毛が頭に、顔に貼り付いている。それにかまわず、彼女は口を開く。

訊ねられても、千春には答えようがない。そして彼女も返事を期待していなかったのか、そのまま言葉を続ける。

「人には、自分でも知らない願望があるはずだという、その考えはどこから来ているのだと思う?」

「……は?」

「そもそも人はどうして、何かを願望するのかしら?」

「……えと」

「人って、ろくでもないことばかり考えているわよね」

「……うー」

「他人が持っているものは、なんでも欲しがって、手に入りっこないものばかりを求めて、人同士で争って、無意味な逆恨《さかうら》みをつのらせていくだけなのよね。敵ばかりを増やして、せっかく手に入れたものをどんどん捨てていって――」

彼女は両手をゆっくりと左右に開いていく。何か大きなものを抱きかかえようとしているかのようだ。

「私、時々こんな風に思うの――〝世界の敵というものがいるとするなら、それは何かを求めたがる人の心の中にいる〟って――」

意味のよくわからないことを囁《ささや》くように言っていた彼女は、ここで少し口を閉ざした。

そして唇をわずかに前に突き出すようにして、口笛を吹くように、音を奏で始める。

「プーム・プーム――」

千春は、ここでふと気づいた。

深月の周囲で、雨粒が激しく飛び散っている。地面に当たり、彼女に当たり、その周辺に粒

子が飛散している。

「――プーム・プーム・プーム・プーム・プーム・プーム・プーム・プーム・プーム・プーム・プーム・プーム――」

雨粒に、ぴかっと光る雷が反射して、きらきらと輝きを放つ。それは視界一杯に広がるかのようで、千春はめまいを感じ始めていた。

心の片隅で、突然、奇妙な考えが勝手に浮かんでいた。

(聞いたことがある……昔の人間は何かを願うとき、その願いを神さまが叶えてくれる代わりだといって、生《い》け贄《にえ》を差し出したって……その生け贄が新鮮であればあるほど、その願いが叶う確率が上がるのだと信じていたと……生け贄を……)

自分はどうして、この場所に連れてこられたのか。彼がそう考えたときに、彼女の無表情だった顔に、うっすらと笑みが浮かんだ。

「あなたがここにいるのは〝餌〟として最適だからよ」

そう言って、彼女は流れ落ちてきた雨を舌で、ぺろり、と舐《な》め取った。

その顔にも光が反射している――そこで気づいた。

その光は、雷ではない。照明は彼女の正面から来ている。

つまり――千春から来ている。

彼の胸元から、ぼうっと黄色く輝くテニスボール大の光源がいつのまにか浮かび上がっていて、それが彼女を照らしているのだった。

きらきらと輝く光の粒子を生み出しているのは、千春自身なのだった。

「こ、これが――?」

千春の呻《うめ》きに、彼女はかすかにうなずいて、

「そう、それが〝レモン・クラッシュ〟――あなたの心の中に潜んでいたもの」

と言った。

そして彼女は、ゆっくりとその光の塊に手を伸ばしてきて、そしてその指先が触れるか触れないかというところまで来て、そして……そこで千春の意識は暗闇の中に引きずり込まれた。

*

「……はっ」

と目覚めたら、そこは電車の中だった。座席にだらしなく身を投げ出すようにして座っている。

「…………」

千春は、ふらふらと上体を起こした。見回すが、他に客はいない。がらんと空いている。見覚えのある車内——というか、いつも通学に使っている馴染みの車輌である。窓の外を見ると、どうやらかなり乗り過ごしてしまったようだった。

「……えと」

なにか変だな、と思った。単純に、電車に乗って、寝過ごしたということでしかないはずだったが、違和感があった。

そのとき、携帯電話が着信を告げた。電車内だったが、他に客はいない。のろのろとした動作で通話に出る。

「……もしもし」

〝ああ、やっと出たな。どうしたんだよ？〟

電話は悪友の一人、矢嶋万騎だった。

「どうした、って、何が？」

〝何回も掛けたのに、一度も出なかったじゃねーか。何で掛け直してこなかった？〟

「あ、あー……悪りぃ。ちょっと寝てた」

〝まあいいや。それより今、何してる？　ちょっと話をしてもいいか〟

「あ、ああ……まだ外だし、平気だけど」

〝なんだよ、どんな寄り道してんだ？　まさか女じゃねーだろうな〟

「馬鹿言ってんじゃねーよ……」

と言ったら、なんだかすごく落ち着かない気持ちがした。なんでか全然わからなかったが。

〝それよりも、ちょっと気になるんだよな〟

「何がだよ？」

〝百太のことだよ。なんか変だったと思わないか？〟

「あ、ああ——そうだな」

〝単に中条が好きってだけじゃなくて、なんかこう、妙なことが気に掛かってるみたいなんだよ〟

「というと？」

〝中条の姿を見失った後になっても、まだレモン・クラッシュとかいう変なもんを調べようとしてたんだよ。ムキになりすぎだ〟

「そう——なのか？」

〝なあ、おまえは中条の方にはその気があると思うか？〟

その言葉に、何故かまたドキリとしてしまう。

「その気って？」

〝だからよ、百太と付き合う気があるかどうか。どう思う〟

「……いや、それは」

何でもない話のはずだ。そのはずだ。それなのにどうしてか、その話を聞いていると汗が滲《にじ》み出てくる。責め立てられているような気がする。

〝だってよ、見込みがねーんだったら、俺たちであいつにあきらめるように言った方がいいだろ？〟

「そ、それはそうだろうが……まだそうと決まった訳じゃないんだろ」

〝いや、どうだろうな――とにかくあいつはおかしいよ。雨が降ってきても、まだレモン・クラッシュを調べようとしてたんだぜ〟

「……雨？」

千春がそう言うと、万騎は不思議そうに、

〝おいおい、さっきまですげえ雨が降ってたろ。気づかなかったのか、おまえ？〟

「いや、俺は――」

と言いかけて、千春ははっとなった。

ここで彼は、やっと気づいたのだった。

自分が全身、ぐしょ濡れになっているということに。

（な――こ、こいつは……？）

彼は、自分がいつ雨の中に晒《さら》されたのか、必死で思い出そうとした。だがその記憶は、彼の中から綺麗さっぱり消えていて、欠片《かけら》も残っていなかった。まるで抜き取られてしまったかのように。

4.

……雨がやみ、すっかり日も暮れた月天公園は人気もなく静まり返っていた。

あちこちに水たまりができて、そこに夜空が映り込んでいる。

その上を歩いていく人影がある。

「………」

全身がまだ濡れたままで、学校水着姿の中条深月である。着ていた服はカバンにしまってある。

「………」

歩きながら、彼女は爪を噛んでいる。

親指を立てて、前歯をかちかちと鳴らしながら、眉間に険しい皺《しわ》を刻んでいる。

「………」

歯の間から空気が漏れ出すのに混じって、かすかに声も漏れている。

「……めだ……めだ、めだ、めだ……だ、まだ、まだ、まだ、まだ……」

爪を噛んでいるのは、もしかすると震える顎を少しでも抑えようとしているためかも知れない。まるで凍《こご》えているような顔をしているが、その全身が濡れているのは雨がいつまでも乾かないだけではなく、その全身から汗が次々と流れ落ち続けているためでもあるようだった。

「……まだ、めだ、だめだ、まだ、だめだ、まだ駄目だまだ駄目だまだ駄目だまだ駄目だまだ駄目だまだ駄目だまだ駄目だまだ駄目だまだ駄目だまだ駄目だまだ駄目だまだ駄目だまだ駄目だまだ駄目だまだ駄目だまだ駄目だまだ駄目だまだ駄目だ……めだ、めだ、めだ……」

ぶつぶつと呟き続ける。がりっ、とその歯が爪から外れて、指先を直に噛んでしまう。皮膚が破れて、血が流れ出る。

「……まだ駄目だ、まだ足りない、餌がもっともっと必要だ……人の心を差し出さなければ……」

流れ出る血をしゃぶりながら、深月は譫言《うわごと》のように独り言を言い続けながら、水たまりの上をふらふらと回遊する魚のようにさまよい続けている。

その周りに、なにかが落ちている。枯れ葉のように積み重なっているそれは、その周辺で最近になって大量に発生している蛾《が》だった。

蛾の群れが彼女に吸い寄せられるように近寄ってきては、彼女にとまる前に力を失って、落下する。

それが延々と繰り返されている。

蛾は、一匹残らず死んでいた。

生命を吸い取られてしまったかのように。そしてそのことを自ら求めているかのように、中条深月に吸い寄せられていき、そして死んでいく。

そして彼女は、そんなことは大したことではないという風に、蛾など完全に無視して、水たまりの上をさまよい続けている。

空に浮いている月が、その水面に映っている。

その照り返しを受けながら、深月は血を啜《すす》っていたその唇の動きを、ふいに停めた。

ふっ、と寂しそうな表情になり、そしてため息のように言葉を洩らす。

「……変じゃない、そうだったわね、藤花……これは変じゃないわよね……ねえ、藤花……」

プーム・プームは夜の中
昼のことを怪しんでいる——

CRUSH 3

1.

メロディ・クールこと歌上雪乃はその日、経過報告のために統和機構の上司に会いに行った。

「ふむ——するというと、君は」

上司の男は、彼女の話を一通り聞くと、顎髭《ひげ》に手をやりながら言った。

「奇妙な現象に遭遇《そうぐう》し、そこには不審な人物もいたにも関わらず、これを取り逃がした——そう言っているわけだな」

「……はい。そうです」

雪乃は悔しさと恥ずかしさに奥歯を噛み締めながらも、なんとか返事をした。

「ふうむ——」

男はさらに考え込みつつ、後ろを向いて、そしてポットを手にとって、

「ところで、コーヒーをもう一杯どうだね」

と言ってきた。

「いえ、結構です」

「そうか。なら何か食べるかい。チキンカレーとか」

男はカウンターの向こうから、やたらと勧めてくる。

「いえ、ホントに結構ですから」

「いや、君は何かお腹に入れた方がいいと思うんだけどね。お腹空いてると頭に血が回らないから。カレー好きだろ？」

統和機構の男——打田《だだ》毬介《まりすけ》は実に渋い声で、妙におばさん臭いことを言った。

「いえ、私、カレーそんなに好きじゃないですし」

雪乃がそう言うと、毬介は眼を丸くして、

「な、なんだって？　君はカレーが好きじゃないのか？」

と大声を出した。

「あの、あんまり騒ぐと、周りの店から変だと思われますから——」

雪乃がそう言っても、毬介は信じられない、という顔で、

「そ、そんな馬鹿な——この世にカレーが嫌いなんて人間がいるわけがない。何で君はそんな嘘をつくんだ？」

と、さっきの報告を受けたときに数倍する真剣さで雪乃に詰め寄ってきた。

ここは喫茶店〈3121〉の店内である。毬介はここの家主でマスターで、二階の住居の住人でもあるため毎日いつでも、ほとんどここにいる。しかし肌は漁師のように真っ黒で、どうしていつも薄暗い店内にいるのに日焼けするんだと雪乃は不思議がっている。

「いや、嘘じゃないですけど」

「ああ、ありえない――そんなことがあっていいはずがない。カレーが嫌いな人間なんて、トマトが食べられないイタリア人よりも珍しいじゃないか」

毬介は大仰《おおぎょう》に手を仰《あお》いで嘆いている。それに対し雪乃はクールに言う。

「だってカレーって、味が単調じゃないですか。一口食べたら、そのあと全部口の中が同じ味で」

「ば、ばばばば、馬鹿言うんじゃないよ。君は何にもわかっていないよ。カレーの深さというものを知らないんだよ」

毬介はすっかり頭に血が上ってしまって、口から唾《つば》を飛ばしまくる。雪乃はうんざりしてきて、自分から、

「それで――私にはどういう処分が下るんでしょうか？」

と訊ねてしまった。すると毬介はポカンとした顔になって、

「処分？　なに言ってるんだ。ウチのカレーは処分品の野菜なんか使わないよ」

と言ったので、雪乃は苛立ってきて、

「だから――怪しいヤツを取り逃がした私の罰は、どういうものになるかってことですよ！」

と強い声を出してしまった。すると毬介は不思議そうな顔になる。

「君はなにを言ってるんだ？　なんだい、任務を放棄したいのかい。残念だがそれは許されないよ。最後までやってもらわないと」

「――は？　しかし、私は失敗して……」

「君がしくじったのかどうかはこちらで判断するから、君にその権限はないね」

毬介は真顔で、雪乃のことを正面から見つめて、

「そして今回の場合、君はどちらかというと、相手に逃げられたというよりも、よくぞ状況から生きて戻ってきた、ということになると思うね、私は」

と言った。これに雪乃は大いに戸惑う。

「……で、ですが、私の感じでは……」

「君の印象は一応、考慮に入っている。わかっていないようだから説明すると、君が危機に気づいていないこと、それ自体が君が決定的なまでに、相手に好き勝手されていたってことになるんだよ、この場合は。はっきり言うと、敵が君のことを重要視していなかったから、適当なところで引き上げてくれたってことになる。つまり」

毬介は投げやりに宣告する。

「君は、そのMPLS現象の主に、完全に舐められていたってことだよ。雑魚《ざこ》だから放っとかれたのさ」

「………！」

雪乃は真正面から侮辱《ぶじょく》されて、顔を赤くした。しかし毬介はそんな彼女の感情などお構いなしに、さらに投げやりに、

「どうやら二つの現象があって、そいつら同士が争っているようだという君の報告も、決めつけるのが早すぎるね。君の頭の中で勝手に補完している嫌いがなきにしもあらずだ。いかんね」

と言う。それからちょい、と眉を上げて、

「君はまさか、いざとなったら自分の生命を懸《か》ければいいとか思っているんじゃあるまいね。そんなことでは統和機構の尖兵《せんぺい》としちゃ失格だぜ。正体不明で底の知れないMPLSを敵に回している以上、我々の優先事項は何よりもまず、情報だ。生きて帰ってきて、相手のことを他の者に教えてもらわなきゃ話にならないんだよ。戦えばいいってもんじゃないんだ。今回、君は反撃しすぎだ。襲われたと感じたときに、まず、どうして逃げ回らなかったんだ？」

と質問してきた。雪乃は、ぐっ、と言葉に詰まる。毬介はため息をついた。

「君の勝敗など大した意味はないんだ。君がやられるときは、その死体に相手の手がかりを刻みつけておいてもらわなきゃいけないんだぜ」

「………」

雪乃は視線を落として、自分の足下を睨みつける。反論できなかった。その通りだと思った。そんな彼女に、毬介は急に、にたあ、と笑顔を向けてきて、

「だからさ、そんな風に頭が固くなっているときこそ、カレーだよ。様々な香辛料が血液の流れを良くしてくれるよ？」

と言ってきた。これには雪乃は即座に、

「いえ、結構ですから」

と断った。

毬介は露骨にガッカリした顔になる。

「そうかあ——納得いかないけど、しかたないね。今回はあきらめよう。あ、でも」

思い出したように彼は話を付け足す。

「カレーはさておき、君には応援が行くことになるから、それは気に留めておいてくれ」

「——は？　応援、って——」

「同じ統和機構の合成人間だよ。他にいるかい」

「……それは、私を指揮する人ってことですか、それともアシスタント役をつけると？」

雪乃の問いに、毬介は首をゆっくりと左右に振る。

「どちらでもない。君の任務を援護するが、君の前には姿を現さない。遠くから君のことを支援するだけだ」

「……どういうことです？」

「君は、既に敵にマークされている。その君に、さらに敵が何らかの行為に及ぼうとするときに、それをチェックする者が必要だろう？　君はまあ、そういうのがいるということを一応知っておけばいいだけだ。あんまり気にしないように」

「……つまり私がＭＰＬＳ現象にやられるところを観察するのが、その人の主な役割なんですか」

「大まかに言えば、そうだね」

「だったら別に私に教えなくてもいいんじゃないですか。混乱するだけですよ」

「だからさ、君が間違って、そいつを殺さないように、って釘《くぎ》を差してるんだよ、僕は。怪しいものに何でもかんでも突撃するなって、ね」

「………」

そんなことを言われても、どうやってその区別を付けるのだ、と雪乃は思った。するとその考えを読んだかのように、毬介は、

「まあ、もしかしたら君と共闘した方がいいということになるかも知れないから、君に彼の名前だけ教えておこう」

毬介はうなずいて、そして言った。

「ホーニー・トード――それが彼の名前だ。その名前の者が協力しろと言ってきたら、君は従ってやってくれ」

(変な名前ね――でもそいつの方が先に、レモン・クラッシュにやられたらどうするのよ?)

心の中に浮かんだその文句は口に出さずに、少し間を置いてから、

「……わかりました」

と言った。毬介はうんうんとうなずいて、そして、

「で、ウチのカレーを一口ぐらい食べる気にはなったかな？」

と訊いてきたが、これにはもう答えず、雪乃はそのまきびすを返して店の外に出ていった。

＊

（さて、どうするか——）

雪乃が次の行動を考えていたときに、彼女が普段の日常で使っている方の携帯電話が着信を告げた。

その通話先を見て、雪乃は少し嫌な予感がした。それでも無視するわけにもいかないので、すぐに出る。

「——はい」

〃ああ、雪乃？　私だけど。わかる？　藤花よ、宮下藤花〃

なぜか彼女の旧友は妙に自分のことを念押ししてきた。

「わかるわよ、そりゃ」

〃ごめんね、こんな朝早くにいきなり電話して。迷惑じゃないかな〃

「ううん、そんなことはないけど——何？」

〃いや、昨日さあ——私はああ言ったけど、でもやっぱり深月のヤツ、ちょっとおかしかった

と思わない?〃

「………」

雪乃は眉間に皺を寄せた。やっぱり——と思った。藤花が電話してくるのはそのことだと思ったのだ。

〃もしもし、雪乃?〃

「——うん、聞いてるよ」

〃あの子、変じゃなかったかな。私たちに助けを求めていたみたいじゃなかった?〃

「どうだろ……」

〃それでさ、私、あの子が気にしてた場所に行ってみようと思うんだけど、どうかな、雪乃も一緒に来てくれないかな〃

「うーん……」

雪乃は言葉に詰まった。もちろん彼女自身はもとより行く気になっていたわけだが、藤花と一緒、というのは色々とまずい。彼女を巻き込む危険があると思う。しかしここで雪乃が行かないと言っても、藤花は一人で行ってしまうだろう。

〃あ、気が進まないなら、別に〃

「いやいやいや、いや、行くわ、行くわよ。でも藤花、私がそっちに行くから、あんたは深月の側に付いていてあげるっていうのは、どうかな」

そう提案すると、藤花はやや暗い声で、

〝それが、深月と連絡が取れないのよ〟

と言った。

「え……？」

〝携帯に繋がらないし、自宅の方もずっと留守電なのよ、昨日から〟

2.

その日、的場百太は朝のホームルームの時間になっても中条深月が登校してこないことに苛立っていた。

（どういうことだ。いつもは優等生で、遅刻なんて一回もしたことのない中条が――）

教師は別に彼女のことを気にする素振りもなく、ホームルームは普通に終わった。クラスの女子も、中条のことを特に心配している様子はない。

あまりにもふつうの空気に耐えられなくなって、百太は教室から逃げるように出て、学校の隅にまで来た。

物陰に身を潜めながら、なんとか入手したものの、今まで一度も掛けたことがなかった中条深月の携帯番号に電話を掛ける。

しかし、繋がらない。いったん切って、待って、また掛けてみるが、やはり繋がらない。

「くそ、どうなってるんだ……！」

百太が悩んでいる間に、一時限目を告げるチャイムが鳴ったが、教室に戻る気がしない。

（くそ、こうなったら——）

と彼が身を起こしたところで、急に後ろから声が聞こえた。

「やっぱり、中条を捜しに行くのかよ？」

ぎょっとして振り向くと、そこには弓原千春と矢嶋万騎の二人が立っていた。

「お、おまえら？」

「行くなら、俺も付き合ってやろうか」

千春がそう言いだしたので、百太は驚いた。

「な、なんでおまえが？」

これまで百太の前では、この千春が中条深月のことを一番どうでもいいと思っていた風だったのに。

「まあ、それはいいじゃねーか。お前が気になるって言うなら、合わせてやるよ」

千春はなんだか煮え切らない言い方をした。横の矢嶋は眉をしかめながら、

「なんだよ、おまえら授業サボる気かよ？　本気なのか？」

「だって、しょうがねえだろう」

また千春が先に言う。百太はなんだか変だなと思ったが、そんなことを気にしている場合ではないので、

「そうだ、なんかやばい感じがするんだ。授業とか言ってる場合じゃない」

と強い口調で言う。万騎は、はああ、とため息を付いて、

「ったく、おまえらおかしいよ。頭に血が上ってんじゃないのか? 冷静に考えられないみたいだな」

と言い、そして首を左右に振って、

「世話が焼けるなあ。おまえだけじゃ心配だから、この俺が手を貸してやるよ」

二人にもたれかかるようにして、その肩に手を回してきた。

＊

「でも、中条ってクラスの他の女子から好かれてねーのかな」

万騎がそう言ったので、百太は少しぎくりとした。

「な、なんで」

「だってあいつが無断欠席してんのに、誰も騒いでいなかっただろ」

「——まあ、それは」

「いや、女子はその辺、迂闊《うかつ》なことを男子のいるところでは言わねーんだよ」

百太が困っていると、千春がフォローするようなことを言った。

「具合が悪いだの何だのって、女子の場合はアレとかもあるだろ。そういう話題は大っぴらにはしねーんだよ」

「アレ？　ああ、生理とか？　なんだっけ、二日目は重いとかいうのはホントなのかね」

「だからおめーはそういうことをすぐに口に出しちまうからスケベ扱いされるんだよ」

「知るかよ、そんなこと。でもそういうもんか。じゃあ陰でこそこそ噂はしてたのかな」

「それはわかんねーけど」

「噂だともっとえげつねーこと言い合ってんのかね、女子って」

「別にそういう話はいいだろ、今は」

百太が苛立った声を出す。

三人組は学校を抜け出して、もう駅前の公園近くまで来ていた。制服のままなので、見回りに見つかると面倒だから大通りは避けてきた。

「いや、俺が言いたいのはよ」

万騎は他の二人に詰め寄ってくる。

「中条が他の女子に敬遠されてるってのは、あいつが隠し事をしてるからじゃないのか、ってことだよ。心を開いていないって思われてるんじゃないのか」

「それは……」

百太と千春は反論しようとして、そして二人とも言葉に詰まる。万騎はさらに言葉を続ける。

「でよ、クラスの連中と距離があるのに、なんであいつはレモン・クラッシュの噂とか知ってたんだろう」

「え？」

「いや、女子のあいだの噂って、俺たち全然知らねーだろ。教えてくんないんだよな、あいつら。こないだの風紀委員のヤツも、俺たちが先に話してたから色々と教えてくれたけど、自分からじゃ言わなかっただろうし。そう思わね？」

「………」

「だからさ、俺はこんな風にも思うんだよねもしかして、レモン・クラッシュの噂ってさ、中条が言い出したことなんじゃねーのかな、って」

「それは――」

「いや、そいつはねーだろ」

千春が強い声を出した。

「中条が嫌われてんのかどうか知らんけど、だったらますます、そんなヤツの言うことを他のヤツが噂にしたりはしないだろ」

「まあ、そういう風にも取れるんだけどよ。なんかしっくりこないんだよな。それだと中条がレモン・クラッシュにこだわってる理由の方がよくわかんなくなるし」

「なんだよ、らしくないな。なんでそんな細かいことばっか気にしてんだよ」

百太がそう言うと、万騎は苦笑して、

「おまえらが大雑把《おおざっぱ》すぎるんだよ。だいたい、中条が単に、大人の彼氏のところに入り浸っているだけだったらどうすんだよ。マンションとかに泊まり込んでさ」

そう言うと、千春が急に、

「いや、そいつはねーよ。そんなんじゃないはずだ」

と断定した。

「何でそう言いきれるんだよ。おまえだって、こないだ中条が年上と付き合っているかもって言ってただろ」

「こないだはこないだだ。今は今だよ」

少しムキになっている千春に、百太はますます違和感を抱いていく。

(なんか変だな——こいつ、中条に対してキツいことを言わなくなったような——かばってる、みたいな……)

百太がその疑念を口に出して言おうとした、そのときだった。

彼らの背後から、声が聞こえてきた。

「えーっと、あのう」

その少女の声に、三人が振り向くと、そこには二人組の少女たちがいた。

「あなたたちが今言ってた、中条って——もしかして、中条深月のことかな？」

一人がそう訊いてきた。彼女は肩からスポルディングの大きめなスポーツバッグを提げている。

もう一人の横にいる少女が、

「ちょ、ちょっと藤花、やめなさいよ」

と彼女を制しているが、藤花の方はそれを無視して、

「ねえ、そうなんでしょ？　あなたたちも深月のこと捜してんの？　私たちもなのよ。良かったら色々と教えてくれないかな」

と言ってきた。

「………………」

三人組は少し茫然となったが、特に百太は、

（……あれ？）

と不思議な感覚にとらわれていた。その藤花という彼女を知っていたからだ。

そいつはどう見ても、この前の奇妙な黒帽子と同じ顔をしているのだった。

「ねえ、どうかな？」

そう訊いてくる藤花は、しかし、百太のことなんか全然知らないようにしか見えなかった。

3・

（な、何やってんのよ藤花は、もう――）

雪乃は焦燥の極みにあった。一人でやらなければならない任務なのに、どんどん人が増えていく。

「えーと、あんたたちはその、中条の友だちかな」

「あなたたちは深月のクラスメートなのね。最近、彼女におかしなことはなかった？」

「いや、だから俺たちも、それでこんなところまで来てるんだけど――あんたたちもレモン・クラッシュを気にして、ここに？」

「深月があなたたちに話したの？」

「ええと、それがちょっと違ってて――」

「いや、こいつが中条のことが好きで。それで陰でこそこそと盗み聞きして」

「お、おい万騎！　てめえ何言ってんだよ！」

「うーん、あんまり感心しないけど、でもまあ、今はそんなこと言ってる場合じゃないわね。で、君ももしかして、深月のことが好きとか？」

「え？　お、俺？　いやそんなことは――」

「なんでおまえが焦るんだよ、千春」

「べ、別に焦ってる訳じゃ――」

……藤花が男子たちと話しているのを横でイライラしながら聞いていた雪乃は、とうとう我慢ができなくなって、

「はいはい、もうおしまい。もういいわ」

ぱんぱん、と手を大きく打ち鳴らした。

「要するに、今どこにいるとか、具体的なことは何も知らないっていうことでしょ。だったら用はないわ。さっさと消えてよ、あんたらは」

冷たく言い放つ。すると万騎が、

「つれないこと言うなよ。こうなったら一緒に捜せばいいじゃないか」

と馴れ馴れしい口調で言った。雪乃はきっ、と彼のことを睨みつけて、

「ふざけないで。ストーカーの癖に――」

と凄《すご》んでやると、万騎はいきなり笑い出した。

「うはは。ほらな、やっぱりストーカーだと思われるんだよ、百太」

「いや、そんなつもりじゃ本当になくって……」

百太は困惑した様子で、哀願するような眼で雪乃のことを見つめてきた。

「中条は本気で、何かを思い詰めていたようで、それが気になっちゃって、それだけなんだよ、

ホントに」

「………」

雪乃は奥歯を噛み締めた。相手が少しでも生意気ならば強硬な態度もとれるが、百太はすっかり下手《したて》で、責め立てるとこっちが一方的に悪者になってしまいそうだった。

(――いや、別に悪者でもかまわないんだけど。何ためらってるの、私。横に藤花がいるせいかしら――ああもう)

彼女が苛立っている横で、藤花が、

「まあ、その判断は深月がすることで、私たちが決めることじゃないわね。とにかく今は、あの娘を見つけることが先なんだから」

と、さっさと話をまとめてしまう。彼女は一番冷静そうな万騎にうなずきかけて、

「レモン・クラッシュっていうのがなんなのか、君は思い当たることがない?」

と訊いた。万騎は、俺?という顔を一瞬したが、すぐに、

「俺はデマじゃなければ、中条のヤツが自分で思いついたか、発見したんじゃないかって考えてるけどね」

と私見を述べた。

「おまえは――」

と百太が抗議しようとしたが、藤花はさらに、

「発見？　たとえば、どういう風に？」

と質問してきた。そう言われて、百太は、はっ、と思った。

（もしかして――）

と気づいたことがあった。そんな彼の表情を見て、雪乃の眉がぴくっ、と上がった。

「あんた――何か知ってるわね」

厳しい口調で言われて、百太はびくっ、と引きつった。

「い、いやそういう訳じゃ――」

「嘘よ。あんたは知ってる。思いついたことがある――」

百太を睨むその眼は、戦闘用合成人間の眼――兵士の眼だった。百太は逆らいきれずに、

「あいつが美術の時間に描いていた絵があるんだけど――今思えば、あれって公園の中にある池なんじゃないかな、って」

「絵？　つまり、ここにスケッチとかをしに来てたことがあるっていうの？」

「いや、そうじゃなくて――教室で、何も見ていなかったのに、いきなり紙にその風景を描き出したんだ。すごく上手くて、写真みたいで、色まで付け始めて、先生が途中でその必要はないって言ったんだけど、かまわずに描きあげて――」

「ああ、そういえばそんなこともあったな」

万騎もうなずいている。

「あれってこの辺の風景だったっけ？」

「わかんねーけど――でも雰囲気は似てた気がする。千春はおぼえてるか？」

「さあ――どうだったかな……」

「いや、確かに絵は描いてたな。取り憑かれているみたいだったよ、あんときは」

煮え切らないのは千春だけで、他の男子二人は納得しているようだった。雪乃はさらに鋭く問い質す。

「その場所がどこかわかる？」

万騎と百太は顔を見合わせて、

「まあ、多少は目処《めど》がつくから、探せば、なんとか」

「俺たち、もともと地元だし」

「いや、探すとかじゃなくて、どの辺なのか教えてもらえば――」

雪乃が言いかけたところで、藤花が口を挟んできた。

「あの、そこに私たちを案内してくれないかな？」

「ああ、いいよ」

万騎が簡単にうなずいた。雪乃が睨んでも、百太は肩をすくめるが万騎は平気な顔である。

「ん？」

どこかトロンとした顔である。雪乃はカッとなって思わず怒鳴りつけそうになったが、藤花

に、

「雪乃は別にいいのよ。付いて来なくても。でも私は、この子たちは嘘は言ってないと思う」

きっぱりとそう言われては、反論できなくなってしまった。

「——ああもう、しょうがないわね！」

そして五人は、広い広い公園の一角にある、ほとんど小さな湖と言っても通るくらいの大きさの池へと向かった。

先頭は百太で、その後ろを藤花が付いていく。万騎はきょろきょろしながらその後ろを付いていく。ちょうど雪乃と並んでしまっている。

(なんかこいつ、妙にムカつくわ——女みたいな顔してる癖に、全然可愛くないわ——目つきがヤラしいのよ、だいたい)

彼女がむかむかしている後ろを、千春がどこかぼんやりとした表情で一番後ろを歩いている。

「…………」

他の四人のことを、上目遣いに見つめている。

その口元が、もぐもぐと動いている。何かを呟いている。それはあまりにもかすかなので、彼の口の中に於いてさえ明確な音にはならない。誰にも探知されようがないその動きを、無理矢理に言葉にすると、それはこんな風になるだろう。

〝……生け贄が必要、生け贄が必要、生け贄が必要……〟

その口と眼はまったく一致していない。意識がつながっていなくて、反射的に動いているかのようだった。

それでも彼は、ふらふらと他の者たちの後をついていく。

その前では四人がずっと、軽く揉《も》め続けている。

「——だから、おまえは余計なことを言い過ぎなんだよ」

「おいおい、その言い方はこの娘たちよりも中条と親しくないと言えない台詞《せりふ》だぜ。おまえは何だよ？　別に付き合ってる訳でも告白したわけでもねーだろ？　でも歌上さんたちは中条の親友なんだぜ。知る権利はあるだろうよ。ねえ？」

「本当ならね。適当なことを言っていたら許さないわよ」

「まあまあ雪乃、そんなに疑ってかかることはないわ。一応、この子たちも深月を心配しているのは変わりないんだし」

「そうかしら？　下心丸出しじゃないの。だいたい雪乃が好きだっていうのはこのチビだけなんでしょ。なんでこいつも付いて来てんのよ」

「ち、チビって——それはあんまりでは」

「ああもう、いちいち引っかかんないでよ。誰と話してんのかわかんなくなるでしょ！」

「雪乃、落ち着いて」

「落ち着いてるわよ」

「そうかねえ、そうは見えないが」

「ああもう――」

雪乃は万騎のことを、きっ、と睨みつけた。

「あんた、他人から空気読めってよく言われるでしょ」

「いやいや、空気を読んでるだけじゃウケは取れないから。敢《あ》えて合わせないで、そこを破っていかないと」

「何の話よそれ?」

すっかりペースを狂わされた雪乃は憮然《ぶぜん》とした顔になり、そしてふと、こういうことが前にもあったな、と思った。

(そうだ――あれは)

まさにそれは、三年半ほど前に、彼女が宮下藤花、中条深月の二人と出逢ったときのことだった。

4.

中学生として潜伏していろ、と命じられたときに雪乃が思ったことは、

（馬鹿馬鹿しぃ――）

ということだった。

戦闘用合成人間に余計な教育など必要ないと思った。必要な情報はどうせ任務の前に学習するのだし、既に数学や化学や物理といった戦闘に必要な知識は教師よりも持っている。体育では手抜きをしなきゃならないし、面倒なことしかない、と考えていた。

（社会的な所属が必要、って、あー、うっとうしい話だわ……）

転校してきた時の挨拶が無愛想すぎて、クラスの中では完全に孤立していたが、まったく気にならなかった。

その日も休み時間に、誰とも話さず、何もすることがなく、ぼーっ、と窓の外を眺めていたら、横で男子が〝将来とか考えるの面倒くさい〟みたいな話をしていた。

「結局、安定してんのは公務員なんだろ。リストラになり難《にく》いっていうし」

「休みも多いしな」

「教師とかどうよ？　三宅《みやけ》とか見てると、俺にもできそうだって思わね？」

「おまえそれ、三宅の前で言ってみろよ。竹刀《しない》でケツひっぱたかれるぞ」

「だから教師なんて、生徒のケツひっぱたいてりゃいいんだろ？」

「バッカ、ありゃ三宅のキャラだから許されるんだよ。下手すりゃ体罰教師って吊し上げられ

るんだよ」

「あー、そういや二組の田中《たなか》って、なんか親が学校に抗議してきたって」

「なんで？」

「数学のテストの採点が間違ってたんだってよ。〝ウチの子の成績を落として受験を失敗させる気か〟って。モンスターってアレだよ」

「あー、やだねえ。やだやだ」

「うー、ウチの親もそのケあんだよな……」

「文句言われんのは嫌だよな」

「公務員だったらいっそ、警官とかどうだろう」

「ああ、いいね。気にいらねえヤツを犯人だっつって警棒でぶん殴ってりゃいいんだろ」

「犯人の親が文句言ってくるんじゃねーの？」

この冗談に男子たちはげらげらと笑った。その下卑《げび》た空気に、雪乃は思わず、ふん、と鼻を鳴らしていた。

男子たちが、む、と彼女の方を向く。

「なんだよ、転校生」

「なんか文句があるのかよ？」

「いや、別に――ただ、ずいぶんとおめでたいな、って思って」

「なんだと？　なにがだよ」

「人を殴るときは、相手に殴り返されることもあるってことを考えていないみたいだから」

「なに偉そうに言ってんだよ」

「そういうおまえ自身は、殴られっこないって思ってるわけか？」

男子たちは席を立って、この周囲と馴染もうとしない生意気な転校生の方に詰め寄ってきた。

男子が女子に迫ると、大抵の場合は他の女子たちが止めたりするのだが、なにしろ雪乃にはそういう仲間がいない。

（ふふん――）

雪乃はむしろ、この険悪な空気を歓迎していた。息が詰まりそうな退屈さに満ちている学校生活にはうんざりしていたからだ。ちょっと暴れてやって、停学にでもなれば好都合だと思った。

（まあ、前歯を折るくらいで勘弁《かんべん》してやるか――）

彼女がそう思いながら腰を上げて、男子たちの前に立ったときのことだった。

「いや、どーなんだろ――」

彼女たちの背後から、妙に抜けた声が聞こえてきた。

振り向くとそこに、同じクラスの中条深月がいて、彼女は真顔で、

「公務員がリストラになりにくい、って言ってたけどさ――それって、どうなんだろう？　今

は経費削減とかで、そもそも採用数も減っているらしいし、問題があったら責任を取らされるし、安定しているとは言えないんじゃないかな。しかも失職した後で、再就職するのが難しそうだし」

と、男子と雪乃に向かって話しかけてきた。それは実に大真面目な調子で、本気だった。

「警官とかが不祥事《ふしょうじ》でやめさせられた、っていうとニュースにもなっちゃうし。面倒って言ったら、ものすごく面倒になるわよね——そう思わない?」

そう訊かれたのが、男子たちに対してなのか、雪乃になのか、どちらかはっきりせずに皆がすこし絶句していると、深月の横からもうひとり女子が出てきて、

「いや、だから安定とか気にしてもしょうがないってことじゃないの? 要は、自分にできそうなことを仕事にすればいいんじゃないのかな。教師でも警官でも、なんでも無理っぽいなって思ったら、やめときゃいいのよ」

と言った。その彼女に深月が、

「藤花はなんでも、そうやって現実的なのよねえ——」

と言った。

「…………」

雪乃がちょっと虚を突かれて、ぽかん、と突っ立っていたら、男子たちがすっかり白けたような顔になって、

「あーあ、馬鹿らし」

「なんか醒《さ》めちったな」

「行こ行こ」

と、ばらばらに散って行ってしまった。

「………」

雪乃は、まだ前に立っている女子二人に目をやって、

「……もしかして、助けたつもりでいるの？」

と訊いてみた。すると深月は、

「いや、私もあの男子たちにああ言ってやりたかっただけ。だって、そう思わない？　ほんとに」

と、やはり真面目な顔で言った。すると藤花が、

「でもそう言う深月だって、将来どうするのか、まだ全然決めてないんでしょ」

と口を挟んできた。深月は腕を組んで、

「まあねえ――それが困ったところなんだけどね。でもなんか、私にはやらなきゃならないことがあるような気がしてならないのよ。だから無責任なヤツ見ていると、ちょっと黙ってられなくて」

「でも、無責任とかいうなら、できもしないことを無理にやろうとして、結局なんにもできな

かったりするのも無責任じゃないの?」

「藤花はそう言って、最初からなんにもしないじゃないの」

「それ言われるとキツい……でも、なにかあったら、すぐ反応できるように待ってる、とは言えないかな?」

「待ってるばかりじゃ駄目だよ、藤花。自分からも行かなきゃ」

「そうかなあ、焦るのもまずいと思うんだけどなあ」

しみじみとした口調で言う。割って入ってきたときから、二人の会話のトーンは全然変化しない。このマイペースぶりに雪乃は思わず、ぷっ、と吹き出して、

「あなたたちって、空気読めないひとなの、もしかして」

と言った。ふたりは顔を見合わせて、そして同時に、

「よく言われるわ、それ」

と言ったので、雪乃は我慢できずに大声で笑ってしまった。学校に転校してきてから、初めてのことだった。

＊

……それから三人で行動することが多くなった。退屈だった学校も、あの二人がいると思う

と、そんなにつまらないものとも思えないようになった。不思議なもので、二人と話していると他の生徒からも話しかけられるようになってきた。毬介からも「いや、やっと学校に入れた成果が出てきたね」と変な誉《ほ》められ方をしたりもした。しかし彼女からすると、自分よりも深月や藤花の方がよっぽど風変わりな気がしていた。

深月は真面目なのか、それとも応用が利かないのか、これが正しいと一度思いこむと、絶対に方針を変えようとしない。でも人当たりは柔らかいので、周囲と喧嘩にはならない。特に好かれるでもなく、嫌われるでもなく、いつも不思議な距離感で他人と接している。

藤花は無理なことはしないというリアリストな娘だが、同時に妙なロマンチストでもある。熱しにくいが、冷めにくいというのか、なかなかしぶといところがある。手堅いと言えばそうなのだろうが、なんとなく手応えがないというか、曖昧で正体の掴めない部分があるような気がする。

この二人がやることに付き合っているだけで、雪乃の中学生活は実に楽しかった。周囲からはハキハキしている雪乃がリーダーみたいに思われていたが、実は雪乃は二人に「これこれこうしよう」と言ったことなど一度もない。ひたすらに追随していっただけだった。

（でも、面白かったな——）

そうして日々は過ぎていき、深月は成績が良くて、かつ、将来は外国に留学したいという希望もあったので、海外とも交流がある高校に進学し、藤花は進学率は高いが、堅実さぐらいしか特徴のない県立校に無難に決めた。

雪乃は二人のどちらかに付いていきたかったが、しかし統和機構に指示されたのはどちらでもない、より都心に近い大学付属の女子高だった。

残念ながら、高校は全然楽しくない。しかし学園生活のやり方はもう知っているので、周囲と揉めたりもしない。ちょっと揉めてやろうかと時折考えないでもないが、もうそこに変なタイミングで割り込んできてくれるヤツはいないだろう、と思うと、どうにも萎《な》えるのだった。

だから今でも、二人は誰よりも大事な友人だ。かけがえのない存在だ。

（こうなると、指令に逆らってでも深月の高校に行っておくべきだったわ――なんとでも言い訳はあったはずなのに……）

雪乃が過ぎたことをくよくよ悔やんでいると、前を歩いている男子二人が、また揉め始めた。

「でも、あの中条が描いた絵って、なんか線がぐにゃぐにゃと歪んでなかったか？」

「馬鹿、違うよ。あれは水面に映った景色なんだよ」

「え？　でも描いてるときは別に上下逆じゃなかったぞ」

「逆さまの絵だからって逆さまのまま描く必要はねーだろ。その方が描きやすかったんだろ」

「そうかなあ。それにしちゃなんだか――」

「うまく描けてたじゃないか、あれ。ゆらゆら揺れてるみたいで」

「……なんだよ、おまえもずいぶんとよく見てんじゃん」

「おまえは中条と込みで記憶に残ってるからあやふやなんだよ。俺は単に、絵を思い出してるだけだから鮮明になってきてんだよ」

「なんだよそれ。まるで俺が中条のせいで目が眩んでるみたいじゃないか」

「違うのかよ？」

「そんなんじゃねーって言ってるだろ」

……延々と喋っている。雪乃はまた苛立ちの限界を越えて、強い声を出す。

「いつまで言い争ってんのよ？　どうでもいいでしょ。なに、そうやって優劣を競ってなきゃ落ち着かないの、あんたたちは」

「え？　いや、別に争ってるわけじゃや――」

「争ってるじゃない。どっちが正しいのかどうかって。でも結局ふたりとも曖昧な記憶じゃないの。いい加減に黙ったらどうなの？」

「いやいや歌上さん、そいつは違うよ。あくまでも正確な印象に近づくために、俺たちは分析しているんであって」

万騎が少し笑うような調子で言ったので、雪乃は少しカチンと来て、

「しっかし頼りない記憶力ね、あんたたち、本当に深月と同じ学校なの？　よく入試に合格できたわね」

「いやあ、ウチの高校はピンキリだからさあ。それこそ中条みたいな留学コース受講者と、一

般生徒だと受けてる授業も半分は違うし」

「なにそれ?」

「志願者が少ないんだよ。だからコースの生徒は色んなクラスに散らばってるわけ。それで孤立もしやすいっていうか」

「——孤立は言い過ぎたろ」

「と、思わず庇《かば》ってしまうくらいに少数派なんだな、これが」

説明されて、雪乃は教室でぽつんとしている深月のことを想像していた。その姿は、かつての自分のようで、でもどこかが決定的に違うような気がした。

(そんなに寂しそうじゃない、みたいな……)

何でそう感じるのかはわからないが、とにかくそう思った。

そのときだった。万騎が急に声のトーンを変えて、

「ああ、この辺じゃないのか?」

と言った。百太も見回して、うん、そうかも、とうなずく。

大きな池のほとりで、向こうには城が聳えているのが見える。そのシルエットが水面に映っている。

「この方角から見る感じに近かったよ、確か」

「確か、って——あやふやねえ」

雪乃はぼやきながら、ちら、と横にいる藤花の方を見る。すると藤花は後ろを向いていた。

「どうしたの？」

「いや――」

藤花は、その景色ではなく、後ろについてきていた少年のことを見ていた。そして彼女は、その弓原千春に呼びかける。

「君、さっきから何を見ているの？」

え、と雪乃も千春のことを見る。百太と万騎も見る。すると千春は、ゆっくりとうなずいて、向こう岸を指差した。そして言う。

「――いた、あそこに」

その言葉に、四人は一斉に振り向く。その視線の先には、彼女たちが捜していた本人が、平然とした様子で立っていた。

こっちに手を振ってきて、

「あら、どうしたのみんな？　なんか揃っちゃってるけど――」

と言ったのは、間違えようもなく中条深月その人だった。

5.

「…………」

百太は拍子抜けしてしまって、少し茫然としてしまっていた。

池の向こう岸では、走っていった歌上雪乃が深月のところに辿り着いて、なにやら詰問しているのが見える。深月は、やだあ、というようなことを言っているらしい顔で笑ったりしている。思い詰めたような雰囲気は消えていた。

「俺たちも行こうぜ」

万騎に言われて、百太はためらいながらも、

「あ、ああ――」

とうなずいて、どこかとぼとぼとした足取りで少女たちのところに向かった。その後ろから千春もついてくる。

そして宮下藤花も。彼女は千春の横で、一緒に歩いている。

「君は――」

藤花は千春に、少し抑え目で他の者には聞こえないくらいの声で話しかける。

「今、深月を見ても、そんなに驚いていなかったみたいだけど――どうして?」

「――別に……」

ぼんやりしている千春に、藤花はさらに、

「彼女がそこにいることを、君は知っていた?」

と訊く。その表情はなんだか奇妙で、少女というよりも少年のような雰囲気があった。さっきまでの藤花と、少し変わっていた。

「……見たら、いたんだ」

千春の答えはやはり曖昧模糊《もこ》としたものである。

「君が見なかったら、深月は我々に見つかっていたんだろうか」

「さあな」

「というよりも、君が見たから、そこに深月が現れたんじゃないのかな」

この不思議な言葉に、千春は藤花の方に目を向けた。

まっすぐにその視線を受けとめる、その眼差しに耐えきれなくなって、千春の方が先に目をそらした。

「……どういう意味だよ」

弱々しく訊ねるが、これに藤花は答えず、代わりにまた訊いてきた。

「君は深月が好きかい?」

「……わからない」

そう答えて、千春はあれ、と思った。何だか自分の声が、まるで他人の声のように聞こえたからだ。

「好きでも嫌いでもないんだろ?」

「どうかな、どうでもいいんじゃないのか」

「君がそうとしか思えないのは、印象を抜かれているからさ」

「……え?」

言葉の意味がわからず、千春はまた藤花の方に目を向けた。しかしもう、彼女は——なんとなく彼女じゃなくて、彼、と呼んだ方がいいような気がする——千春から目を離して、進んでいく先に立っている、中条深月の方に眼差しを向けている。

「ああ、藤花——」

先に深月と話していた雪乃が、救いを求めるように中学時代の同級生に呼びかける。

「何とか言ってやってよ。どうにも要領を得ないわ」

「………」

藤花は少し口をつぐんで、深月と見つめ合う。深月が、にっこりと微笑んで、

「まるでブギーポップみたいな顔してるわね」

と言うと、藤花はちょい、と眉を片方上げて、

「そう言う君は、プーム・プームみたいだよ」

と返した。

＊

「迷っているみたいだね」

「あら、それはあなたの方じゃないの？」

「残念ながら、ぼくには選択肢がないんで、迷いようがないんだ。なにしろぼくは自動的だからね。でも君はふたつの選択肢があるんじゃないのかな」

「へえ、あなた、私のことがわかっているのかしら」

「君には〝このまま〟か〝終わり〟にするか、そのどちらかの道がある」

「…………」

――見つめ合って、話し合っている二人の少女を前に、他の四人はぽかんと口を開けていた。なにを言っているのか、全然まったく理解の範囲を超えていた。

（そういえば、前にもこんなようなことが、あった――）

中学時代に、放課後の屋上で、二人が今のように芝居がかった調子で話し合っているのを見てしまったことがある。なんとなく入り込めないものを感じて、そのときは物陰に隠れてしまっていたが、実はあのときも、出ていっても二人は、今のように平気で話をしていたのかも知れないと思って、ちょっとだけ後悔を覚えた。

（これって、この二人なりの遊びみたいなものなのかしら——）

そう思えば、なんとなく子どもがテレビ番組のヒーローなどの口調を真似しているときのようでもある……だが、何を模しているというのだろうか？

（私は、三人組といっても、あとからこの二人の関係に入っていった……最初から親しかったふたりの間にあるものには結局、立ち入ることができないのかしら……）

雪乃があれこれ悩み、男子たちが唖然としている間も、少女二人は奇妙な声色で、奇妙な対話を続けていく。

「どちらにしても賭《か》けだ。〝このまま〟だと限界を超えてしまって破滅する危険がある。しかし〝終わり〟にしようとすることは、危険と直に対面することで、それに敗れ去る可能性が高い——違うかな」

「危険はいつだって、私たちにつきもののことでしょう？」

「それは違うね」

「どういう意味？」

「危険なのは世界の方であって、ぼくらには関係がない。ぼくらはただ、消え去るだけですむ。しょせん誰も知らないちっぽけな存在に過ぎないのだから」

「それだとまるで、あなたは消えたがっているみたいね」

「どうだろうね」

「すべてを捨てて、身軽になりたいのかしら？　世界の重圧から解放されたい？」

「解放とはまた、妙な言い回しをするね」

「そうかしら？　私たちはみな、魂を世界という牢獄に封じられた囚人《しゅうじん》じゃないかしら」

「ぼくらは二人の囚人、というわけだ。〝鉄格子から窓の外を眺めたとき。ひとりは泥を見た、ひとりは星を見た〟――」

「ラングブリッジの詩ね。意外だわ。なかなか良い趣味をしているわね？」

「君はどうなんだい。どうも君は、星を見たがっているようだが――君は月だろう？」

「見られる側であり、見ることは許されないと？」

「許しが欲しいのだとしたら、きっとそんなものはないと思うがね」

「相変わらずねぇ――」

「誰かに許すと言われて、それを素直に受け入れられるのかい。結局はその誰かを信じられなくなって、許しも意味を持たなくなるんじゃないのか」

「誰かって、たとえば？」

「誰かは誰かさ。みんながなんとなく、いつでも心に抱いている、理想の第三者だよ」

「ああ、そういう一般論か――私はてっきり」

ここで深月は、少し眼を細めて、口元に挑発するような微笑みを浮かべた。

「――――」

藤花の方は無反応だ。そんな相手に、深月はさらに微笑を濃くして、

「あなたが、私を許さないのかと思ったわ」

と言った。これに藤花はため息混じり、という調子で、

「さて、ぼくはそういう判断を下す立場にあるかね」

「だから、その〝立場〟が、私のことを許さないんじゃないの？」

「――――」

「もしも許さないのだとしたら、どうするのかしらね――ねえ？」

「さあね、その判断も今のぼくにはできないね。ぼくはなにしろ、自動的だからね」

「いったんモードが切り替わればもう、ためらいも容赦《ようしゃ》もない、ってことでいいのかしら？」

「君は――」

藤花は、ひた、と上目遣いに深月のことを見据える。

「やっぱり、迷っているんだね」

「――――」

深月は口を閉ざす。そこに藤花はさらに言う。

「その迷いがどこから出ているのか――どうやら鍵はその辺にありそうだね」

「…………」

＊

――得体の知れない沈黙がしばらく続いたのち、深月はふと、雪乃たちの方を向いて、なんとも表現しにくい顔で彼女たちのことを見やった。それはたとえるなら、コンビニの棚に並んでいる弁当を眺めて、安い方にするか、ちょっと高くても好物にするか考えているときのような、真剣なのだが妙に軽い、品定めをしている目つきだった。

「あ、あの――深月、この男子たちは」

雪乃が居たたまれなくなって、訊かれてもいないことを答える。

「私が、あんたがどこにいるのか知らないかって、強引に連れてきた連中で、あんたがその、この場所の絵を描いていたっていうから、案内させて、そう、それだけで」

言い訳しているような口調になってしまう。これに深月は一瞬〝そんなこと言わなくてもいいのに〟という風な呆れたような表情を浮かべたが、すぐに、

「ああ、そうなんだ。ごめんなさい。心配かけちゃったみたいね。でも、もう大丈夫だから」

と、実に気楽な声で言った。

「ちょっと考え事をしていただけよ。将来のことについて、ちょっとだけ、ね」

「は、はあ――」

雪乃はちら、と藤花の様子を窺う。藤花は、なんだかぼうっとした顔になっていて、ん、と雪乃のことを逆に見つめ返してきた。その無防備な眼に雪乃はどぎまぎしてしまい、

「え、えと――」

と言い淀《よど》んでしまう。そこで万騎がそれまでの変な空気を一転させるような大声で、

「いいからさあ、もう帰んねーか？　色々と話があるなら、後にすりゃいいんじゃねーの」

と言った。

プーム・プームは悪い子
想いが毎日変わっちゃう——

CRUSH 4

1.

百太は、周囲に微妙な変化が生じていることに気づいた。

「……え？　なんだって？」

「だからレモン・クラッシュだよ。知らねーの？」

得意げにそう言ってきたのは、クラスメートの男子だった。

「その光を浴びながらプーム・プームって唱えると、どんな願いでも叶うんだって噂だぜ」

「は、はあ……」

「下らないと思うか？　しかしな、こいつにはオマケがあってな、女子の間じゃかなり信じられてるから、こいつを口実にすればナンパの成功率がぐんと上がるって話なんだよ。この辺じゃあ、月天公園のあたりでそういう光があるってよ。まさに打ってつけのデートスポットだと思わん？」

「あ、ああ……」

やたら興奮した口調で話しかけてくる、こういう体験をその日だけで三回も経験した。

なにかがおかしい、そう感じた。

（たしかこの噂って、男子にはそんなに広まっていなかったような……いや、全然知られていなかったはずだ。なんでこんなに、急にみんなが知ってるんだ？）

しかもみんながみんな「知ってるか」という前置きで教えてくる。全員が全員、噂を広めて回っているようだった。

しかもネットへの書き込みといったような形として残る方法ではなく、あくまでも口頭で伝わっているらしいのも、どこか不自然である。証拠を残さず、かつ、遠方のものには伝わらないように、というような……。

放課後になっても帰らずにぼんやりしていると、万騎がやって来て、

「おい、こいつはどうなってるんだ？」

と言ってきた。

「え？」

「今日、プーム・プームの話を七人に聞かされたぞ」

「やっぱり、そうなのか。気になるか？」

「そりゃあ、なあ——不自然だぜ」

万騎はその柔らかくカールした髪の頭をぼりぼりと掻《か》いた。

「俺たちが中条のことを公園で見つけた翌日になったら、急に噂が広がってるんだからな」

「でも中条が広めたにしちゃ、早すぎないか？」

「だから不自然なんだよ——おい、ちょっと待て、あれ見ろ！」

万騎が指差した先には、校門から出ていく中条深月の姿があった。ああ、と百太はため息をついて、

「あんまり追いかけるとまずいって言ったの、おまえだろ。今日はもういいよ」

「馬鹿、そうじゃねえよ！　横見ろ、横を」

ぐいっ、と乱暴に頭を両手で掴まれて、視線を向けさせられる。すると百太にもそれが目に入った。

深月が歩いていく、その斜め後ろをぴったりとついていく人影がある。

それは弓原千春だった。ごく近いその位置関係からして、後をつけているとはとても思えない。一緒に下校している、としか思えない状態だった。

「な、なんであいつが——？」

校門の前に通る道路を、その日の二人は右に曲がっていった。普段ならば二人とも近くのバス停に行くはずだから左に行くところなのに——。

「こいつは放っておけないな」

万騎の声に百太は、はっ、と我に返った。

「ど、どういうことだろう？　だって千春が、俺たちの中じゃ一番、この件に関心が薄かったのに——」

「だから追跡するんだろ。急ごうぜ！」

そう言いながら、もう万騎は走り出していた。カバンも何もかも放ったらかしだ。百太は困惑しながらも、その後を追いかけていった。

＊

……そしてその様子を別のところから見ている者もいた。

（深月――なんでそいつと一緒に行動してるのよ？）

少し離れた物陰から、戦闘用合成人間の鋭い視力で監視していたメロディ・クールこと歌上雪乃であった。

（どういうことなのよ？　深月を好きなのはあの的場百太ってヤツの方なんでしょ？　あいつは弓原千春じゃないの――）

もちろん雪乃は二人の後を追い始めた。頭の中まとまらない考えがぐるぐると回っている。

（ええと――だから、もしかしたらあの二人は他の友人たちに隠れて付き合っていて、そしたらなんか百太も好きだとか言いだしたので気まずくなって、それで深月はあれこれ悩んでいた、とか――）

いやいやいやいや、と雪乃は自分で自分の考えに突っ込みを入れる。そんなに呑気な話とはとても思えない。第一、並んで歩いているふたりの間には、まったく親しげな空気はない。なんだか軍隊で、上官の後をついていく兵士という感じだった。

（うう……）

もしかしたら、すべての元凶は弓原千春にあり、深月はその被害者かも知れない、と思いたい気持ちはあるのだが、雪乃の戦士としての冷静な感性が〝それはない〟と判断を下してしまう。

しかし――だとしたら、どうするのか。

もしも中条深月が世界に混乱をもたらす危険なＭＰＬＳだとして、雪乃はそれに対してどういう姿勢でいるべきなのか。

（私は――）

それを考えるとき、雪乃は背筋が凍るような気がするのと同時に、全身にべったりと脂汗が滲み出るという、熱いのか冷たいのかわからないパニックに陥りそうになる。

（私は、深月を殺せるのか――？）

それ以前に戦えるのか。彼女を相手にして自分は戦意を奮い立たせることができるのか。

（ううう……）

雪乃が苦悩しているその前で、深月と千春の二人は学校の裏手の目立たない道へと入っていく。逢い引きしている、と言えないこともない状況ではある。だがそこに一台のタクシーが停まっていた。二人はなんのためらいもなく、それに乗り込んでいく。

(なんだ——前もって電話で呼んでいたのか？　いや、それならタクシーが深月たちのところに来るはず……こんな目印のないところにタクシーを待たせておくことは普通できない。これはいったい——)

タクシーは発進し、たちまち走り去ってしまう。だが雪乃は慌てない。タクシーを確認した時点で既に発信器を車体に投げつけて貼りつけている。彼女はこの近くに停めてあった原付自転車のところまで戻り、タクシーを追いかけ始めた。

タクシーを直に視界に捉《とら》えたところで、まだ深月たちが乗っていることを確認する。雪乃の強化された視力で確認しているだけなので、向こうからはこちらを視認することはまず無理だ。

タクシーの方も、特に尾行を撒《ま》くような複雑な走りはしていない。気づかれていないと思ってもいいだろう。

(それとも、それほどの警戒はしていないのかも——やっぱりこれは、ただの内緒のデートといった程度のことでしかないのかも知れない)

雪乃はまだ、かすかな期待を持ち続けていた。後になって深月から、実は彼氏がいたの、とか笑いながら言われる程度の話で終わってくれることを願っていた。

そんな中でタクシーが停車したのは、昨日もやってきたあの月天公園の前だった。

タクシーが道端に停まり、深月たちが降りてくる——そして、そこで奇妙なことがまた起きた。運転手まで降りてきたのだ。深月から金を受け取らなかったから追いかけてきた、という様子でもなく、普通に車から降りて、そのまま歩き出した。

深月たちと同じ、公園の奥へと続く歩道を進んでいく。

(な、なんだあれは——あの運転手の様子、あれはまるっきり——)

弓原千春と同じような動作であり、雰囲気だった。深月に付き従っている下僕《げぼく》のような……。

どういうことなのかわからないが、追跡をやめるわけにはいかない。雪乃は原付を乗り捨てて、徒歩でさらに追尾していく。

目立たないように、通行人に紛れて追っていく。

しばらくそうやって移動していたが、ふと、ある事実に気がついた。

(……あれ?)

横を歩いている通行人が、さっきから変わらない。紛れるようにと歩幅などのペースを平均的にしようとしていたのだが——そうしているのは彼女だけではなかった。

通行人たちは全員、ほとんど同じ速度で歩いているのだった。しかも、進んでいる方角もまったく同じ——中条深月が向かっていった先なのだった。

2.

「おいおい、こいつはいったい、どういうことだろうな?」

矢嶋万騎が質問してきたが、もちろん的場百太には、

「……わかる訳ねえだろ」

と言うしかなかった。

二人の少年は、深月と千春の後をつけようとしたのだが、途中でタクシーに乗られてしまって見失ってしまった。だがそこで万騎が頭を働かせて、

「もしかしたら、あいつら昨日の公園に行ったんじゃねーのか。タクシーが行った方角もそっちの方だし」

と推測した。他に思いつくこともなかったので、二人はバス停まで戻って、駅前に出て、そして公園に来たのだが、そこで彼らが目にしたのは、大勢の人間たちが皆、同じ方へと向かって歩いていく奇妙な行進だった。

少し離れたところからその様子を観察しているが、それは例のレモン・クラッシュの噂がある広場の方に進んでいるようだ。老若男女《ろうにゃくなんにょ》問わず、様々な人々がいるが、誰もが同じような表情をしている。

どこか上の空、という感じなのだった。視線が定まらず、口元も弛《ゆる》んでいる。

「……なんか、催眠術にでも掛かってるみたいだな」

万騎が言うと、百太はぎょっとした。

「……何が言いたいんだ？」

「おまえも気づいてるはずだ。今日になって急に、レモン・クラッシュの噂が広まっていることと、ここに人が押し寄せてきていることがなんか〝被ってる〟ってのが」

万騎の言葉には迷いがない。他にあるか、という強い確信があった。

「そしてそいつは、中条のヤツと関係がある」

「う……」

「千春のヤツも、この連中と同じようになってる可能性が高い。操られてるっていうのか、とにかくマトモじゃなくなってるんじゃないのかな」

「……なんでアイツなんだよ？」

「さあな。おまえだとちょっと思い入れが激しすぎて、うまく制御できないから、とかかな。その辺はわからねーし、今は考えても意味ないんじゃないのか」

「じゃあ、今は何をすりゃいいって言うんだよ？」

「ちょっと危ないかも知んねーが……いっそのこと、この人混みの中に混ざっちまうってのは、どうだ？」

万騎はそう言って、ニヤリと笑った。

「おまえ、面白がってんのか？」

百太が顔をしかめて訊くと、万騎はさらにニヤついて、

「いやあ、なんかゾクゾクするよな。そう思わねー？」

と悪びれる様子もなく言った。百太は、ふう、とため息をついた。しかしすぐに表情を引き締めて、

「しかし、行くしかねーってのは、その通りだな」

とうなずいた。


公園の奥へと進んでいくと、なんだか空の色が変わってきた。

「なんか——曇ってきてるのか？」

「雲はねーのに、空が暗くなってきてるって感じだな」

映画などで、レンズにフィルターを掛けて青空の光量をわざと減らして不気味な雰囲気を出すという技術があるが、ちょうどそんな風な空が広がっていた。

しかしそんな空を見ている者は百太たち以外にはいない。道を歩いている者たちは誰ひとりとして周囲のことなどまったく気にならないようだった。ただ足早に、公園の奥へ奥へと向かっていく。

やがて広場まで出ると、そこが終点らしく、大勢の人々が群れて立っていた。みな同じ方角を向いていて、何かに注目しているようだった。ステージを見ているライブコンサートの客に似ていた。

「前の方に、何かあんのかな？」

万騎がこそこそと耳打ちしてきた。百太はうなずいて、

「よし、行ってみよう」

と囁き返した。少年たちは人混みの中を掻き分けて、前の方に出ようとする。

するとその途中で、周囲から声が聞こえてきた。


「……ほしい」

「……が欲しぃ」

「……のが欲しい」

「……いものが欲しぃ」

「……欲しいものが欲しい」

「……欲しいものが欲しい。欲しいものが欲しい。欲しいものが欲しい。欲しいものが欲しい。欲しいものが欲しい。欲しいものが欲しい。欲しいものが欲しい。欲しいものが欲しい。欲しいものが……」


ぶつぶつぶつぶつ、と周囲の人間たちが口々に呟いているのだった。

「な、なんだこりゃ――」

百太は不気味さに怯《ひる》んで、身を竦《すく》ませてしまう。そこに横から、

「なんか変だな——噂とちょっと違うぞ」

と万騎が耳打ちしてきたので、百太ははっと我に返る。

「こいつらはレモン・クラッシュの噂を信じていて、それが現れるまでこうして願掛けをしているのか？　しかし噂だとブームっていう呪文を唱えるんじゃないのか。話が違うぞ」

万騎が眉間に皺を寄せて呻いたとき、暗くなっていた空に飛来する影があった。

影には質量がないように見える。限りなく薄く、コウモリのような形をしていて、無数にひらひらと、どこからともなく広場に集ってきている。

それはまさしく、あの奇妙な黒帽子が〈バット・ダンス〉と呼んだ現象であった。

「あ、あれは——」

百太が声を上げると、万騎は不思議そうに、

「なんだ百太、どうした？」

と訊いてきた。彼は〈バット・ダンス〉に全然気づいていないようだ。

「お、おまえには見えないのか？」

「見えないって、だからなんなんだよ？」

万騎が苛立ちの声を上げたところで、離れたところから、はーはーはーは、という空を裂くような大声が響いてきた。爆笑の狂笑だった。それは聞き覚えのある声だった。

「——————！」

百太と万騎は揃って声の方を向いた。

それは彼らの悪友、弓原千春の絶叫だったのだ。

3・

……雪乃は、ぼんやりとそのときのことを思い出していた。

それは中学三年の時で、受験も間近だというのでクラスの空気が盛り上がりに欠けて、どこかひんやりとしているときだった。どうしてそんな話になったのか、誰かが受験する高校の倍率が一・〇九程度で、ほとんど合格するはずだ、というような話で、それで落ちるヤツというのはなんだ、というような話の続きだったのか、とにかく昼休みに何人かが教室の隅になんとなく集まって話をしていたのだった。

「それは仕方ないわ。どんなものにも犠牲はつきものでしょう」

そう言ったのは深月だった。これに藤花が、

「そうかな、なくてもいい犠牲だったら、できるだけ減らすべきなんじゃないかな。そんな数だったら、もう全員合格にしちゃえばいいのに」

と反論した。すると深月は少し笑って、

「それじゃあ試験する意味もないわ。ただの募集ってことになってしまう。ほんとうにその学

校に通いたいのか、それもわからなくなって、入った後の緊張感もだいぶ違うでしょうね」

「ただ気を引き締めるためだけに、落とさなくてもいい人を無理に落とすの？」

「無理かどうかはわからないわよ。そもそもまったく勉強に向いていない人かも知れない。テストの点が零点に近かったりしたら、それは落ちてもしょうがないでしょう」

「しょうがない、って割り切っちゃうのはどうかなあ」

「でも他にないでしょう」

「色々と事情があるかも知れないじゃない。やればできるかも」

「そういうのをいちいち待っていたら、誰も、なんにもできないわよ。ついて来れない人、素質のない人は、ある程度は犠牲にするしかないのよ」

「それって冷たくない？」

「冷たいのは、そういう犠牲がなければ成り立たない世間の方で、大人の世界じゃもっと簡単にリストラだの企業買収だのしているわよ。今の私たちがそれを変えられるって思うのは、ちょっと傲慢《ごうまん》よね」

気がついたら、話はほとんど深月と藤花の討論みたいになっていて、他の者たちはそれをぼんやりと眺めているだけだった。仲の良い二人が言い合っていて、特に喧嘩という風でもないので、みんな安心して観戦している感じだった。

でも、雪乃はなんだかむずむずと落ち着かなかった。

何かが引っかかっていた。深月の様子に、彼女は普段ならば感じないような気配を感じていたのだった。

「犠牲を出したくないっていうのなら、そういう社会を自分でつくってみろ、ってこと？」

藤花の問いに、深月はうなずいた。

「それって今からじゃ間に合わないわよね？　とりあえず目の前の受験をくぐり抜けてからじゃないと」

「なんか、それって親や先生たちに言われる言葉そのままって気がするけど」

「でもあの人たちは、単に受験のことしか頭にないから、言葉としちゃ薄っぺらよね。犠牲がつきものっていう社会に晒されているのは、あの人たちも一緒で、そういう意味じゃ立場は私たちとあんまり変わらないのよ。犠牲になりたくないけど、それをどうにかするには間に合わない、って意味に於いてはね」

「間に合わない、かな」

「そりゃそうよ。大人なんてみんなもう、とっくの昔に間に合わなかったのよ。出来合いの世界に適応するのが精一杯でね」

「でも成功している人もいるでしょ」

「ああ、藤花――それって社長とか、金持ちとか、そういう人たちのことかな」

「いや、具体的にはわからないけど。でも失敗した人ばかりじゃないとは思うけど」

「この、犠牲を強いる社会で成功しているってことは、その人は誰よりも他人を犠牲にするのに成功したってことで、それはつまり、他人を犠牲にしたくないっていう、あなたのような気持ちを真っ先に捨てたってことよ。間に合うも何も、最初から負けを認めて、世界に媚《こ》び売って、身も心も迎合してるのよ、そういう人は」

そう言ったときの深月の顔は、決して得意になっている感じでも、押しつけがましくもなく、嫌味な風でもなかった。さらりと自然だった。

だからこそ、雪乃は落ち着かない。それが調子に乗っていてよくわかりもせずに偉そうなことを言いたがる、ありがちな中学生の表情と同質のものだったら、雪乃はなんとも思わない。ただ苦笑するだけだろう。しかしこのときの深月の顔は、そういうものでもなかった。ひたすらに静かだった。

「犠牲はやむを得ない、それを認めないと話は始まらないわ。そうしないと積極的に私たちを食い物にして、犠牲にしようとする世界に踏みにじられるだけよ」

その目つきを、雪乃は知っていた。それは標的を捉えて引き金を引く寸前の狙撃手《そげきしゅ》の眼だった。冷静で迷いなく、容赦もない。

――殺気。

それが込められた眼差しなのだった。

「うーん、でもさあ」

その目つきを真っ向から受けとめながら、藤花は淡々と話を続ける。

「やっぱり割り切りすぎるのは良くないと思うよね。どんなときでも、どこかにうまい方法があるんじゃないかな。少なくともそれを探す余裕が必要っていうか」

「あなたはそれでいいでしょうね。たぶん藤花は、呑気で、何事もなく、平和で順調な人生を送れそうな感じだし」

「深月もそうでしょ」

「そうかしら？　そうなのかな——私は平穏な人生を送れるのかな。でもきっと、いつかは私も誰かを犠牲にするんでしょうね。そんなことをしたくなくても、仕方ないと思って」

やはり静かに、深月はそう言った。

「犠牲にする相手、それがあなたでないことを祈るわ、藤花」

「どうかな……深月が自分でも嫌なら、そういうことをしそうになったら、私は止めに行くと思う。うん、きっと行くわ」

藤花は、深月と同じくらいか、あるいはそれ以上に静かな口調で、そう断言した。

……あのときのことを、ふいに想い出した。

雪乃は藤花と違って、あのときの深月に何も言い返せなかった。それが今、また再現されているような気がした。

公園に集まった人々、その中にまぎれて雪乃は、深月のことを離れたところから監視していた。

いや……正確には、その場から動けず、彼女のところに近寄れないのだった。

(何を……しているの……?)

深月は、公園に押し寄せてきた人間たちの、その先頭にいる。皆の視線が集まるその先にいる。

彼女は、両手を大きく広げて、指先を立てて、それを宙で動かしている。

それはなんだか、オーケストラを前にタクトを振っている指揮者のようだった。

その横には、一緒にやってきた少年、弓原千春が立っている。

そして——笑いながら叫んでいる。

その顔には自我というものが欠落しており、横にいる深月が、催眠術のようなもので操っているのは明らかだった。

笑っているように聞こえるのは、音が断続的だからだ、は、は、は、は、は——と小刻みに鳴っているから、笑い声に聞こえるのだ。

つまり——吐いているだけでなく、吸っている。

空気を？　いや、それだけではない。

彼の目の前に並んでいる者たちが、ぶつぶつぶつと呟いている『欲しいものが欲しい』という声が、千春の一呼吸のたびにひとつずつ消えていく。

そして声を〝吸い取られた〟連中は、かくん、と意識を失ってその場に崩れ落ちるのだ。

（人から何かを取りだして、弓原千春に集めているのか？　いったい何を？　何をしているんだ、これは？）

ＭＰＬＳ現象――この異常な光景の元凶は中条深月である。噂を広めて、それに反応して集まってきた者たちから、何らかの精神エネルギーのようなものを弓原千春に収束させている……そこまでは推測できるのだが、目的がさっぱりわからない。

〝どんなものにも、犠牲はつきものよ〟

かつての深月の言葉が脳裏に蘇る。彼女は今や、あのときに垣間見せていた殺気を剝き出しにしているのか。

深月が指を振る。

それに合わせて、人々が声を上げて、そしてその声が千春に吸い込まれていく。

（深月――あんたは何をしたいの？　こんなことをして、どこに行き着きたいっていうの……？）

雪乃のすぐ前まで、倒れ込んでいく人の動きが近づいてくる。どうしよう、と迷ったが、結局はその波に紛れて、自分も気絶したフリをして倒れ込むことしかできない。

横たわりながら、彼方の深月と千春の様子を観察する。

深月はまったくと言っていいほど、いつも通りの静かな表情だ。だが千春の方は、だんだんその身体に異変が生じ始めている。

（なんだ……あれは？）

弓原千春の身体が、奇妙な感じに、右に左に揺れる。見えない何かが次々と彼にぶつかってきているかのようだった。

見えない——そう、雪乃には見えないのだった。

千春の身体に殺到してくる、黒いコウモリの影が。

それは落とした飴玉《あめだま》に蟻《あり》が集《たか》るように、そのおぞましき幻影に襲いかかられて、全身に噛みつかれているので、右に左に揺れているのだった。

4．

そして、それが百太にはなぜか見える。

空を舞っている夥《おびただ》しいコウモリの影が、いっせいに一箇所に向かって降下していくのがわかる。

そしてそれは、遠くの中条深月の指先の動きと連動しているのだ。

しかし――

(なにか――操っているにしては……)

微妙な違和感がある。こんな異常な状況で、あり得ない光景が展開しているのに、それでも百太は引っかかるものを感じずにはいられない。

深月の表情である。

いつものように、物静かな感じの顔をしているのだ。

冷静――そういうことなのかも知れないが、しかしそれは、これまで隠されていた本性を剥き出しにしているというようなものではない。

そう感じてしまう。その点に於いて、百太は雪乃とは違っていた。雪乃は時折、深月の殺気を感じて怯んでいたのだが、その眼差しは百太からするといつもの彼女に過ぎないことだった。それが凛《りん》としているという印象になっていたのだから、その魅力だと思っているところが変質していないことに気づくのは当然だった。

(で、でも待てよ――それってつまり、どういうことになるのか……)

コウモリの動きと、深月の動きはほぼ同調している。だがコウモリの方が、若干だけ速い、ような気もする……。

(中条がコウモリを引っ張っているんじゃなくて、その逆のような――飛んでくる球を打ち返

すバッターみたいに、受け身な感じがする——〉

だからなんなのか——受け身だとしたらどういうことになるのか。

レモン・クラッシュの噂があり、しかしここでは光などどこにも存在していない。あるのは黒い影ばかりだ。何かがずれている。

あの奇妙な黒帽子の言った言葉が脳裏に蘇る。

〝ではそれのことを〈バット・ダンス〉と呼ぶことにしようか〟

あいつは、なにを言っていたのか？

既にレモン・クラッシュという名前のあるものならば、わざわざ別の名前を付け直す必要はない。どうしてあいつは、黒い影の現象を区別したのか？

〈区別——〉

百太は何かを掴みかけていた。しかしこのときの彼には考える余裕はほとんどなかった。横にいる矢嶋万騎が、

「いかん——」

と呻いた。はっ、と百太は友人の方を見る。

万騎はただならぬ顔つきになっていた。その視線の先には、他の人間たちと同様に地面に倒

れ込んでいく少女の姿があった。

それは歌上雪乃だった。

（あの娘も、ここに来ていたのか――）

もしも親友の深月を心配して巻き込まれているのならば哀れなことであるが、しかしそれを見る万騎の表情は、そんな優しいものではなかった。送りバントをしろと言ったのに球を打ち上げてしまった選手を前にした野球監督のような顔をしていた。

「あの馬鹿、やられやがった……！」

忌々《いまいま》しそうに、確かにそう呟いた。

「万騎――？」

百太が呼びかけると、万騎は一瞬だけ、ぎりり、と奥歯を噛み締めて、何かを考え込んだ。そしてすぐに、

「おい――百太、逃げるか？」

と質問してきた。え、と百太は眼を丸くして、

「……逃げたいのか？」

と訊き返した。ここへ来て万騎が急に怖じ気づいても不思議ではないが――この友人には全然怖がっている様子はない。

「逃げる気がないなら、おまえ――千春のヤツを中条から引き離してくれ。俺が中条の方を引

き受けるから」

そう言われて、ますます百太は戸惑う。

「な、なんのことだよ？　何言ってんだ？」

「それとも、おまえが中条の方に行くか？」

「え、えええ？」

「無理だよな。危険すぎるし、失敗の可能性が高いもんなあ——やっぱりおまえが千春を抑えろ。突き飛ばしてあの女から離すんだ、いいな？」

「いや、だから——」

「迷ってる余裕はない——そろそろ敵もこっちに気づく。逃げたら目立つから、二者択一で、突っ込むしかないんだよ」

矢嶋万騎は真顔で、敵、と言った。

＊

ホーニー・トード。

それが矢嶋万騎のもうひとつの名前である。

歌上雪乃ことメロディ・クールは監視役がいると言われていたが、だが実際は、これは順番が逆で、万騎の方がMPLS容疑者中条深月のクラスメートという立場であったから、統和機構の作戦的には彼が主役で、雪乃は単なる付け足しに過ぎない。既に実戦経験を含むキャリアは十年を超えている、れっきとしたベテラン戦士である。

彼は、他の合成人間とは少し素性が違っている——ふつうの親から生まれて、ふつうの人生を送ってきた人間なのだ。矢嶋万騎というのも本名だ。しかし幼少期に自動車事故に遭い、そのままでは死ぬ、という状況になったときに、運び込まれた病院を裏で支配している統和機構が両親に「もしかしたら、息子さんには〝反応〟があるかも知れない」と提案してきたのだった。それは人間の肉体を劇的に変化させる薬品を投与するという実験で、その成功確率は一割以下という非情なものだったが、藁《わら》をも掴む気持ちで両親は統和機構に息子を託《たく》し、そして成功した。その結果、矢嶋万騎は高性能の戦闘能力を持つエース級の合成人間になったのだ。

それが六歳の時で、それ以来、彼はふつうに学校に行きながら、塾という名目で統和機構の戦闘訓練を毎日、通いで受け続け、週末になれば泊まりがけで出掛けていると称して過酷なサバイバル訓練や、人の生き死にが出る戦闘任務をこなしたりしてきた。彼と彼の家族にしてみれば、それは当然の義務であり、恩返しでもあった。感覚としては世話になった人に頼まれて草野球チームの練習やら試合やらに出ているのとなんら変わらなかった。

だから百太や千春に対する友情も、偽装《ぎそう》でもなんでもない。ほんとうに、単なる友だちだという感覚しかない。そもそも彼には偽装とか本当の姿とかいう認識自体がない。せいぜい〝それはそれ、これはこれ〟という程度の気分だ。

彼の分裂した心情は、実は異様なものではない。歴史上では彼のような例は珍しいものではない。敵を容赦なく殺すのに、家族や友人にはとても優しく屈託のない、ふつうの人間であるというのは、ほとんどの歴史上で当たり前の人間像だったのだ。戦闘恐怖症などの、殺人や戦争に晒されると精神に異常をきたすという状態はあくまでも現代的なものである。

そういう意味では矢嶋万騎は、やや原始的な古い感性の持ち主でもあるのだろう。友人と馬鹿話をしていた数分後には、平然と敵の首を切り落とす――それはバイキングや戦国時代の武士の生き方に通じている。現代の戦場で人がおかしくなるのは孤独だからだ。故郷から遠く離れて、国家の大義などというような身に染みない理由で戦わされるからおかしくなるのである。万騎には身近に家族がいて、生活と戦闘が地続きだから平気なのだ。

確かに、友人たちには正体を隠している。だがそれを言うならば、隠し事のない人間などこの世のどこにもいない。彼の場合は、それがやや極端なだけで、女装癖があるというのと大差ない話でしかなかった。

その矢嶋万騎――ホーニー・トードは今、決断を下していた。

的場百太に正体を晒してでも、ここで中条深月という敵を仕留めるか、戦闘不能にして身柄を拘束《こうそく》すると。

「いいか百太――行くぞ!」

横の友人に言うや否や、ホーニー・トードはその強力な脚力で地面を蹴って、飛び出していた。

群衆の中に紛れ込んで接近してはいたが、果たして中条深月は彼の存在と正体に気づいていたかどうか——だがそれを考えて躊躇《ちゅうちょ》することがもっとも危険なので、彼は迷いなく、彼女のもとへと飛び込んでいった。

中条深月は、彼が接近していって、はじめてその存在に気づいたようだ。びくっ、と痙攣《けいれん》するような動作で彼の方を振り向いた。

(——遅い!)

ホーニー・トードはその反応動作がふつうの人間と変わらないことを一瞬で見抜き、彼女のところにそのまま突撃した。

脚を繰り出して、跳び蹴りを放つ。

深月はそれを間一髪で飛び退いて、かわした。

だが、かわされることはホーニー・トードの計算のうちだった。彼の蹴りはそのまま、深月と弓原千春との間の地面に喰い込んで、そしてそこを爆発させた。

これがホーニー・トードの戦闘能力〈レッグ・ミール〉である。それは足の裏から生体波動を放出して物体を粉砕するもので、砲撃並みの攻撃力を持っている。やったことはないが、一撃でダムでも破壊できるはずだ。

爆風が巻き起こり、その衝撃波が深月と千春をそれぞれ別の方向に吹っ飛ばした。

「――痛……」

深月は地面に叩きつけられて、呻き声を上げた。肩を打って、足をひねったらしく身体が変な姿勢で引きつっている。

「――痛っつっ……」

それでも身体を起こそうとする。そこに、どん、と上から何かが落ちてきて、彼女の上に跨《また》がるようにして、その動きを封じてしまう。

ジャンプしてきたホーニー・トードが、あっという間に深月のところまで来ていた。

「……おやおや」

深月は、自分を見下ろしている合成人間を見上げながら苦笑した。

「これは意外だったわね――まさか、そういうことだったとは。あなたはノーマークだったわ、矢嶋くん」

軽口のようなことを言うが、ホーニー・トードはこれには応えずに、

「さて、どうする？　素直に降伏するか、それともここで殺されるか。二つに一つだ」

と冷たい声で告げる。

「それはどうかしら。なんでも決めつけるのは、良くないと思うんだけどね――」

なおも軽い調子で言おうとした深月の顔を、ホーニー・トードは容赦なく、靴が吹き飛んで

いる裸足で、ぐい、と踏みつける。そこからはまだ煙が立っていて、熱を帯びている。

「五秒だけ待ってやる——その間に決断しろ。何も言わなかったら、そのまますぐに始末する。そもそも任務はおまえの抹殺だけで充分なんだ」

宣告する。そして返事を待たないうちに、すぐ、

「五……四……」

とカウントを始めてしまう。迷いは一切ない。その非情な相手に、深月はしかし、なおも薄ら笑いを浮かべながら、

「いや、そういうことにはならないわ——なぜなら」

と不敵に言った。だがその身体には未だ力は戻らず、弱々しく踏みつけられたままだ。だがその眼だけは揺らぎのない自信に満ちている。

ホーニー・トードはさすがに、この様子に少しだけ不審を感じたが、しかしそれでためらうようだったら、彼はそもそもこれまで生き延びてきてはいない。あらゆる敵に彼は平等に接してきた。それがたとえ顔なじみであろうと、いったん敵だということになったらもう、そこに逡巡《しゅんじゅん》などはないのだ。

「三……二……一……」

カウントを刻んでいく。その間隔も変わらない。そして最後の、ゼロ、というのと同時に攻撃を加えるべく、力を込める。

その瞬間だった。

完全に、注意をその足下の少女に向けていたその瞬間、彼の身体は飛び出してきた人影と交錯していた。

そして——背中から胸にかけて、何かが貫通していた。

一発で、串刺《くしざ》しにされていた。

その痺《しび》れるような感触を、彼は知っていた。同じような能力を持つ者と訓練したときに、その痛みは味わっていた。それは——

（ス——〈スティル・クール〉能力……?!）

右の肺を切り裂かれ破壊されて、さらに手刀の生体波動が伝播《でんぱ》してきて、ぎゅっ、と心臓が停止する。

彼の身体は、ぶつかってきた相手に弾き飛ばされて、深月の側から吹っ飛んでいた。そして彼がいた場所に今、立っているのは——少女だった。

さっきまで地面に倒れ込んでいたはずの、戦闘用合成人間メロディ・クール——歌上雪乃だった。

5.

「う、ううう……!」

雪乃は、全身から冷や汗が吹き出すのを感じていた。

やってしまった。

統和機構の仲間の、しかも上の立場にいる合成人間を、この手で——。

そんな彼女の横で、深月がゆっくりと身体を起こす。

「なぜなら、私にはとても頼りになる友だちがいるから——と、言いたかったんだけどね。矢嶋くん」

形勢が逆転したとたんに、深月の顔からは笑いが消えていた。むしろ沈痛な表情になっている。

「やめてくれていれば、あるいはあなたとも協力できたかも知れなかったのに——残念だわ」

そして彼女は、雪乃の方に顔を向ける。そして言う。

「大丈夫よ、雪乃」

「……え?」

「あなたは正しいことをしたのだから。統和機構の方も、いずれはわかってくれるわ。私たちが戦っている相手が〝世界の敵〟だということが」

それは静かな、いつも通りの中条深月の口調だった。

「……深月、あんたは――」

「どうやらあなたも勘違いしていたようだけど、私は、自分で新たな世界を創りたいと願うMPLSではない。私はあくまで、今の世界を守るために戦っているだけ」

「………」

雪乃は、茫然と友人を見つめ返すことしかできない。深月はそんな彼女にうなずきかけながら、

「あなたは間違っていないし、一時の激情に駆られて仲間を裏切ったのでもない。直感的に正義を行っただけよ」

と言った。

「敵、って――」

「あなたには見えないだろうけど、今――この土地の上をコウモリのような黒い影が飛び回っている。それが私の敵であり、世界を滅ぼす元凶――〝バット・ダンス〟と呼ばれる歪んだ闇よ」

彼女は自分の胸を指して、そして、

「私はその暗黒を打ち消すためにこの世に生まれた、光を呼び出す者〝プーム・プーム〟――」

と名乗った。

＊

……何がなんだか、まったく理解できなかった。

(な、なんだよ……なんなんだよ、こいつは……?)

百太は、目の前で展開された激動する事態に、ただ翻弄《ほんろう》されるだけで、受け入れることが一切できなかった。

万騎が突撃してしまったので、どうしようもなく、彼もその後を追いかけたのだが、すぐに爆発が起きて、ぐちゃぐちゃになってしまった。

気づいたら、自分の横に千春が倒れていた。同じように吹っ飛ばされてきたらしい。さっきまでの奇怪な爆笑はもう収まっていたが、しかしその代わりに口がぱくぱくと陸に上がった魚のように開閉し続けている。そして焦点の合っていない眼が、ぐりぐりと左右非対称にでたらめに動き回っている。

それはなんだか、怪しげな記録映像で見たことのある〝悪魔憑き〟の人間の動作に似ていた。

「う……」

その様子に怯んでいる余裕も、しかし百太には残されていなかった。すぐに、向こうの方で万騎が、いきなり飛び出してきた歌上雪乃に胸を手刀でぶち抜かれて、一瞬で倒されてしまった。

深月が立ち上がり、少女たちはなにやら言葉を交わしているようだったが、それは百太の耳にはうまく聞き取れなかった。

やがて、深月が彼の方を——いや、その横でびくびくと痙攣しながら倒れている千春の方を向いた。

「あれは、必要な犠牲」

急に、その声が耳に入ってきた。爆風でおかしくなっていた聴力が回復してきたのだが、そんなことは混乱している百太にはわからないことだったし、気にしている場合でもなかった。

「犠牲——仕方がないの?」

雪乃もやや茫洋とした表情ながらも、千春の方に視線を向けてきた。

「ええ。他に方法がないのよ」

「それなら——そうなのかな……」

そう言いながら、雪乃がゆっくりと百太と千春の方に歩いてきた。ぎょっとして、百太は千春の身体を抱きかかえて、腰が抜けて立てない状態のまま後ずさった。

「う、ううう——」

「その男を、こっちに渡しなさい」

雪乃は百太にそう言ってきた。それはどこか疲れたような声で、力がなかったが、しかしこの少女はたった今、矢嶋万騎を——実は得体の知れない力を持っていた彼の友人を、一撃で仕留めてしまった殺人マシーンのようなヤツなのだった。

しかしその彼女は、同時に、昨日は彼に対して「情けないわねえ」などとふつうの説教をしてきた相手でもあるのだった。

どういう風に捉えていいのか、まるでわからない——。

「な——なんだよ、なんなんだよ、おまえらはよ——」

百太は半泣きになりながら、思わずぼやいてしまう。

「どうなってんだよ。何？　俺だけなの？　中条も、千春も、万騎も、そしてあんたも、みんな実はとんでもない正体があって、俺だけが仲間外れだったってことなのか？　俺が悪いのか？　ふつうの人間だったのがいけないことだったのか？」

自分でも何を言っているのかよくわからない。しかし言わずにはいられなかった。理不尽だと思った。一方的に何かを押しつけられていて、まったく顧みられていないことが我慢ならなかった。真正面から雪乃のことを睨みつけているのは、怖くないからではなかった。恐怖はむろんあるが、それ以上に腑《ふ》に落ちないのだった。

「——」

その彼の視線を受けて、雪乃の方が顔をしかめて、眼を逸らしてしまう。後ろめたいものを抱え込んでいるのが歴然としていた。

そこに、百太は激しい苛立ちを感じた。それはほとんど、発作だった。

彼は雪乃を通り越して、その背後に立っている深月に向かって怒鳴った。

「中条! おまえは友だちに、こんな顔させて平気なのかよ!」

これに深月の方は表情一つ変えなかったが、その声に反応するように、千春の身体がびくん、とさらに大きく痙攣し始めた。

抱えている百太の腕から飛び出しそうな勢いで、激しくうねる。そしてその半開きの口から漏れだした声は、笑い声ではなくなっていた。

「——ダ、ダダダダダ、ダダダン、ダン、ダンス、ダンス、ダンス、ダンス、ダンスダンスダンスダンスダンス——」

ぎょっ、と百太は思わず視線をその奇怪な友人に戻した。

深月はうなずいて、

「やはり、吸収し、定着しかけている——だがまだ不充分、もっと光を減らさないと、闇が入っていかないわ——雪乃、お願い」

と言うと、雪乃は唇を歪めて、眉間に皺を寄せながら、百太に近づいてきた。

「──的場くん、どいて」

「あ、あんたにはわかってるのか?」

百太は周囲に見え始めた、異様な光景にとまどっていた。コウモリの影が、ふたたび空一杯に集まりだしていたのだった。今の千春の声に集められているように。

「? どこを見ているの?」

雪乃にはその百太の視線が左右に揺れる意味がわからず、困惑した。しかしすぐに、

「いいから、弓原千春から離れなさい。私たちには、そいつが必要なのよ」

と言って、さらに近づこうとする。

「う──」

「あなたを傷つける理由はない。おとなしくしてくれれば傷つけずにすむのよ。今の、あなたの友だちと同じように殺されたくないでしょう?」

雪乃は、本心から懇願していた。真剣だった。強引に奪おうと思えば、簡単に奪えるのだが、それをしたくなかった。

相手の背中から加えた、卑怯《ひきょう》極まりない一撃の感触が。さっきの感触が残ったままだった。彼女の手にはまだ、
別になんの疲れもダメージもないのだが、指先がかすかに震えている。それでも奥歯を嚙み締めながら、さらに一歩前に出ようとした──そのときだった。

「おい——誰が、殺されたって？」

背後から声が響いてきた。

はっ、と振り向いたときには、もう立ち上がって、こっちに向かって跳び蹴りを仕掛けてくるところだった。

胸に大穴が開いているのに動いているホーニー・トードの凄まじいスピードに、雪乃は迎撃できなかった。反射的にその場から飛び退《の》いて逃れるのが精一杯だった。

そして、その瞬間に彼女は己の過ちを悟る。わざわざ声を掛けてから攻撃してきた、ということは……目的は戦闘ではなく——

（——しまった！）

そう思ったときには、もう矢嶋万騎は彼女が悟った通りの行動をとっている。

百太と千春の身体をひっ摑んで、そして地面を蹴っている。

全力で、この場から撤退に掛かっていた。

「ま、待て——」

呼びかけようとしたときには、もう、その三人の姿は視界から消えてきた。ホーニー・トードが最後のパワーを振り絞って、両脚から衝撃波を放って、ロケットのように彼方へ飛び去っていた。

自然公園の奥――山の向こう側へと。

「………」

中条深月は、その噴射煙の軌跡がかすれていくのを見つめていたが、やがて吐息をついて、視線を下におろした。

そして茫然となっている雪乃に向かって、

「まだ、完全に逃したわけではない――あの合成人間は負傷が大きすぎて、途中で力つきた。墜落《ついらく》場所から遠くに行くことはできない」

と言った。その背後では、倒れ込んでいた人々が、次々と意識を取り戻し、身を起こし始めている。どうやら、誰ひとりとして傷ついたり廃人化したりはしていないようだった。無事だった。ただし、みんなどうして自分がここにいるのか、何も覚えていないようで混乱している。

「――」

雪乃もまた、未だに事態を今ひとつ把握できず、半ば自失状態であるが、深月はそんな彼女のもとへと歩み寄って、

「とにかく弓原千春を見つけに行きましょう。説明は、その途中でしてあげるから」

と言った。

CRUSH 5

プーム・プームは迷い子
空をぐるぐる回っている——

1.

墜ちるときは死ぬかと思ったが、なんとか少年三人は五体無事に着地することに成功した。

「――ぶふわっ！」

万騎は樹が密集しているところに突っ込んで、落ち葉が堆積している地面にめり込むようにして着地することで衝撃を散らした。抱えられていた百太は、口や鼻の穴や耳の穴にまで葉っぱが入り込んできて、思いっ切りむせた。閉じていた瞼まで押されて開きそうになったが、これはなんとかこらえた。

がばっ、と身を起こしたら、ばらばらと枯れ葉やらドングリやらが頭から落ちた。

「な、ななな――」

混乱していて言葉が出てこない。そこに万騎が、変に呑気な声で、

「いやあ、間一髪だったなあ」

と言った。

びくっ、と彼の方を振り返る。するとそこには、妙にトロンとした目つきの、いつもの矢嶋万騎がいるのだが、しかしその右の胸には、向こう側まで貫通する穴がぽっかりと開いているのだった。

「ば、万騎、おまえ――」

「あ？　ああ――こいつは確かにきついな。だけどこの穴よりか、停まっちまった心臓を再起動させるために、てめえの身体に撃ち込んだ衝撃のダメージの方が、実はでかかったりもするんだよな――片肺は機能を止めて、他から切り離せばまだ活動できるが、全身への衝撃はなあ――」

訳のわからないことをぼやいている。

「い、いやそうじゃなくて、おまえって一体――」

「いやいや、それも大した話じゃない。ただ学校やおまえらにも内緒のバイトをしてたって程度の話だ。ま、しくじっちまったが」

「おまえ、中条を殺そうとしてたよな……？」

「で、逆にやられたってことだ。俺の仕事内容は込み入っているんで、ちと説明が面倒だ」

そう言いながらも、やはりその目つきがなんだかおかしい。瞼が落ちかけていて、半開きの状態だ。

「簡単に言うと、表沙汰《おもてざた》にしにくいヤバイ奴らをこっそり始末する、って感じだな」

「ヤバイ奴……」

「おいおい、百太よ。まさかおまえ、まだ中条に惚《ほ》れてるんじゃあるまいな。ありゃ、ただのバケモンだぜ？　千春を見ろ、すっかり変にさせられちまってるだろうが」

言われて、百太はびくっ、と千春の方を見た。

めり込んだ地面から自分では出ようともせずに、顔にべったりと泥をつけたまま拭《ぬぐ》おうともしない。しかし気を失っているわけではなく、

「……ダダダダダ……」

と、延々とぶつぶつ言い続けている。焦点の合わない眼が、ぐるぐると回り続けている。

「こいつは……なんだと思う?」

百太が訊いたが、これに万騎は応えず、相変わらずトロンとした目つきで、

「えー……それでだ──百太、おまえにゃ、やってもらわなきゃならないことが、ある……」

と、ろれつの回らなくなってきた口調でなんとか言う。言葉を絞り出している、という感じだった。

「おまえ、俺ん家《ち》に来たことがあるだろ……千春を、あそこに連れて行ってやってくれ。親父かお袋か、どっちでも良いから状況を説明して……」

「ええ? 何言ってんだよ、おまえ?」

「いや、親は俺の仕事知ってるから……ふつうに話を聞いてくれるから……俺は、ここまでだ。生きてはいるが、損傷しすぎたから……肉体が超再生に入りたがって……眠っちまう……二十

時間は醒めない。俺は、置いていくしかない……」

喋っている言葉も、だんだん聞き取れなくなっていく。首がかくん、かくん、と何度も下に落ちかける。

「お、置いていくって——ここにか？　そんなことできねーよ！」

百太が焦って万騎の身体を掴むが、その体温がびっくりするくらいに冷たいので驚いた。それは冬眠前のリスなどの体温と同じようなものだった。

万騎は少しだけ、ニヤリと笑って、

「……洒落《しゃれ》じゃなく、おまえの肩に世界の運命が掛かってるんだぜ——しっかり頼むぜ、ヒーローさん、よ……」

と言うと、そのままがくん、とうなだれて、そして眠ってしまった。

「お、おい——待てよ、待ってくれよ……」

百太は万騎の身体を揺すっていいものかどうか迷い、頬をぱしぱしと叩いてみたが、ぴくりともしない。瞼を指でこじ開けてみても、瞳に反応はなく、離すとそのまま動かないので、閉じさせてやらなければならなかった。呼吸がびっくりするくらいにゆっくりで、延々と吸い込み続けていったかと思うと、いつのまにか吐く動作に変わっている。途切れない。肺が片方動いていない、と言っていたが、苦しそうな乱れはなさそうだった。

「ううう……」

胸にでかい穴が開いているが、血は出ていない。傷口にもう、薄皮のようなものが被さりつつある。自力で治るとかいうレベルの傷とはとても思えず、即死していてもおかしくないくらいなのに、それでも生きている……。

(どうなってんだ……)

携帯電話があることを思い出し、でもどこに掛ければいいのかと考えながら操作しようとして、電波が圏外になっていることに気づいた。

「え……？　嘘だろ？」

いくら山の中とはいえ、それほど遠いという訳でもないはずだ。なんで圏外なのか理解できなかった。

「そ、それじゃあ——」

千春の身体をまさぐって、しまってあった携帯電話を探し出す。だがこれもやはり圏外だった。

そして万騎のは——胸のポケットに入っていたそれは、ごっそりと削《けず》れてしまっていて、とても作動しそうにない有様だった。

「なんだよ、なんでだよ——」

そういえば万騎は〝助けを呼べ〟とは言わなかった。それは連絡できないことを知っていたからではないのか。既にこの場所は、外部から何らかの形で遮断《しゃだん》されている〝結界〟の中であることを。

「うう――」

百太は頭を抱えた。その頭上で、空はどんどん暗くなっていく。

山の中には照明もないし、道すらない。どう考えても陽《ひ》が暮れる前に脱出することなど不可能だ。途方に暮れながら百太は、山の下に広がっている市街地の明かりを恨《うら》めしそうに眺めた。

(爆発とかあったんだし、こっちに何かが飛んでいったのを見てたヤツとかいないのかよ……誰かこっちに来てくれりゃいいんだ。そうすれば――)

そんなことを考えていたときだった。ふと、妙なことに気づいた。

市街地と、山の闇との境目にある箇所の光が、なんだかゆらゆらと揺れているのだった。いや、揺れているというよりも、それはむしろ――

(動いている……?)

光の粒が、じわじわと蠢《うごめ》いていて、そして――山の上の方に登ってきている。

その明かりはなんだか不自然だった。遠くにあるはずの光が見えるには、光量がそれなりにあることになる。それなのに、その光の粒は周囲を照らし出したりはせずに、そこだけで輝いているのだ。はっきり見える癖に、その周囲が暗闇のままなのだ。

蛍、そんな感じだった。だがそんな馬鹿な話はない。そんなに無茶苦茶な光を放つ蛍などというものはいない。

（光――って……）

そこで百太の脳裏に、ある名前がよぎった。それを知っていた。異常な光の現象、その名前を。

「……〈レモン・クラッシュ〉……？」

彼がその名を思わず呟いた、そのときであった。

「――ダンスがしたいか？」

ふいに、はっきりとした声が聞こえてきたので、ぎょっとなって振り向く。するとそこには、相変わらず視線が定まらないままの千春が、口だけをぱくぱくと開閉させながら、

「ダンスがしたいのなら、オススメは氷だ。氷の上が、ダンスには最適――」

と、変に甲高い声で喋りだしていた。

「な――ち、千春……？」

「ダンスがしたいのなら、氷の上だ……滑って転んで、真っ逆様に落ちて、簡単にあの世行きになれるぞ……ダンスだからな……死にたいのならダンスするのが一番だ……」

得体の知れないことを言っていたかと思うと、ぐるっ、とその眼球が動いて、百太の方を見た。首の動きはまったく伴わない、眼だけの反応だった。

「……そうだ、百太だ。おまえは百太……おまえはトモダチ……トモダチはいいな……トモダチとダンスすれば……一緒に滑って転んで、仲良くあの世行き……」

声のトーンが高くなったり、低くなったり、今ひとつ安定しないでブレている。

「ち、千春……い、いや違う――」

百太には、だんだん事情が飲み込めつつあった。

「こいつは――〈バット・ダンス〉か……」

あの変な黒帽子は、百太に向かって言っていた。


〝だって君は、これからそいつと戦わなきゃならないからさ〟


中条深月を助けたいのなら、バット・ダンスと戦わなければならない――なぜなら、それこそが彼女が戦っている相手だから。

中条深月は――ブーム・ブーム、と呼ぶべきなのだろうか――彼女は、このバット・ダンスを滅ぼすために行動しているのであろう。

それは、この月天公園の周辺に漂っている、コウモリの群の幻影《ヴィジョン》として見えるものだ。

それがどんなものか、百太はもう知っている。一番最初に、その効果を目撃している。それは、人に忍び寄り、取り憑き、それまでは楽しく生きていた女子高生たちや警官を、発作的な自殺行動に駆り立てるものなのだ。

それを深月は、その漂っているものを集めるために大勢の人間を餌として呼んで、それに寄ってきたバット・ダンスを、千春に強引に取り憑かせ続けることで詰め込んでいたのである。

(そして、千春を処分する——ゴミを袋に詰め込んだ後で、燃やしてしまうように——)

2.

「……何をしているの?」

雪乃に訊かれた深月は、何もない空間に向かって手を伸ばしている。

その指先に、蛾が飛んできて、たかっている。

そして、彼女の身体に触れるか触れないかのところで、皆ぱらぱらと落ちていく。

その指先が、ほんのりと、ぼうっと輝いているようにも見えて、雪乃はぽつりと、

「光っている……?」

と呟いた。すると深月は振り向いて、

「あなたにも、この光が見えるようになってきているというのは、危険な兆候だわ」

と言った。

「どういうこと?」

「あなたが見ている光を、私はレモン・クラッシュと呼んでいる。それは生命の核にある七つの光のうちのひとつ。私の能力は、それを生物から切り離すことができるものなのよ」

「七つの、光……？」

「少なくとも、私には七つに見える。レモン・クラッシュはそのうちのひとつよ。おそらくその性質は人間であれば〝感動〟というようなものでしょうね。この輝きを奪われると、その人間は感動することがなくなる」

「人間の精神を制御できるMPLS能力だわ……」

「私は、自分がこの能力を持っていることに気づいたのは、中学生の頃よ。私の目の前で、大人が突然、殺し合いみたいな激しい喧嘩を始めて、巻き込まれそうになったとき、私はその人たちの胸に輝いているレモン・クラッシュの光を見た。手を伸ばすと、それは消えて——その人たちはたちまち静かになってしまった。怒りという〝感動〟が消えていたのよ」

「人を思うがままに操れる、というようなものではないの？」

「そんなに便利じゃない。ただ火を消すように〝感動〟を消せるだけよ」

「じゃあ、あの大勢の人間たちを集めたのは……」

「あれは彼らが自主的に集まってきたのよ。彼らは皆〝感動〟に飢えていた者たち。私がレモン・クラッシュを外に放出させたことで、その〝におい〟につられて集まってきたのよ。彼らには心に穴が開いている——バット・ダンスにはその穴に入り込もうとする性質がある。言ってみればあの人たちは〝撒き餌〟のようなもの」

「つまり、集めることしかできないってことね。兵隊にして、敵を攻撃するような目的には使えない、と」

「そういうことね」

深月は、指をかるく振った。するとその先に灯っていた光が切り離されて、山の上の方へとひらひら飛んでいく。

「それにこの能力は、私のためにあるのではない——これはバット・ダンスの〝天敵〟としての能力で、私の願いを叶えるためにあるのではないのよ」

「バット・ダンス——」

その名を呟いて、雪乃はぶるるっ、とかすかに身震いした。そこに深月が、

「あなたにもレモン・クラッシュの光が見え始めたということは、この地に沈殿していたバット・ダンスの影響を受け始めているということでもある——死への衝動が強まっていく恐れがあるから、気をつけてね」

「人を自殺に導く現象——おぞましい話ね」

雪乃は顔をしかめたが、すぐに気を取り直したように微笑んで、

「その邪悪を滅ぼすために、神さまがあなたに特別な能力を与えた、というようなものかしら？」

そう言うと、深月は少し笑って、

「合成人間のあなたが、神さま、とか言うとは思わなかったわ」

いけど――」

「だって――そうとしか言い様がないんじゃないの？　いや、私だって信じているわけじゃな

「それは磁石で、Ｎ極があれば必ずＳ極があるのと同じようなものかも知れない。バット・ダンスという現象が形を成していけば、その反対の存在もまた生み出される、というようなものかもね。少なくとも、私には神さまは信じられないし、自分には世界を救う使命があるというような、誇り高い気持ちは全然ないわ。むしろ――とても不快なのよ」

「それでも、やらないともっと気分が悪くなる、って？」

「バット・ダンスを消滅させれば、私は解放されるのだと思っている――この能力も消えるのだと」

彼女は少しうっとりとした眼を暗い空に向けた。そうなるのを心底願っているようだった。

その横顔はとても孤独に見えた。

「ねえ、深月――」

雪乃はそんな彼女に言ってみた。

「あんたと、似たような人はいないのかな。だって統和機構は、色々な怪異と戦い続けているのよ。バット・ダンスだけが世界の危機じゃないわ。他の危機にも、あんたみたいな、その〝天敵〟がいてもおかしくないんじゃない？　世界の敵を滅ぼす死神が――」

そう言われて、深月はゆっくりと雪乃の方を振り向いて、そして冷たい声で、

「そういうのがいるとしても、私の手伝いをしてくれるとは思えないわね。むしろ——弓原千春を犠牲にしようとしている私を、逆に倒そうとすると思うわ」

と言った。

この間にも、彼女の手は蛾を集めて、そこから光を取り出しては、山の上の方へと放っていく。

その光の群れはふらふらと、何かに吸い寄せられるように移動していく。

バット・ダンスの歪みが、レモン・クラッシュを引き寄せているのだった。すなわち、その光が集まっていく先に、弓原千春が隠れている。これは追跡装置なのである。

「弓原千春は、やっぱり殺さなきゃならないの?」

「バット・ダンスをこれ以上大きくするわけにはいかない。今、消滅させないと取り返しがつかないのよ」

「大きく——なってるの?」

「どんどん膨《ふく》れ上がっている——おそらくは、人間に誰でもある自殺願望が、この地に集まってきていて、それが形になったものがバット・ダンス。集合的無意識の結晶体。言ってみれば人間の精神から捨てられ続ける廃棄物がゴミ箱から溢《あふ》れ返っているようなものなんでしょうね」

「この土地には、そういうものを呼び寄せる性質があると?　その原因は何?」

「それはわからないし、興味もないわ。とにかく集まってしまったものはどうしようもない。

原因を究明するよりも、すべてを根こそぎに始末してしまった方が早いし、確実よ」

「なるほど——それは、そうかもね……」

「しかし今はまだ、弓原千春に注入しているバット・ダンスの量は全体の三分の二ほど……すぐに始末してしまっては意味がない。確保して、それから作業を再開しないと」

ここで深月は雪乃の方に振り向き、

「おそらく、ここから先ならば統和機構と取り引きすることもできる。あなたが仲介役になってもらえれば」

と言った。雪乃はびくっ、と身を竦ませた。

「——できるかしら？　そんなことが」

「ええ。大丈夫よ。どうやらあなたよりも、私の方が統和機構のことに詳しいみたいね」

「……まあ、深月はずっと警戒して、研究してきたんだもんね。私はただ、命令に従っていただけだし——」

雪乃は苦笑しながら、肩をすぼめて、それからまた、ぶるるっ、と身震いした。

「——わかったわ。やるわ。どうせもう、後には退けないんだし」

「そうそう、その意気よ」

深月は優しげな微笑みを浮かべて友人にうなずきかけた。

しかしその眼の奥では、鋭い光がなおも消えていない。

（統和機構は、最初から大した障害ではない——問題は、やはり……）

彼女は、眼下に広がる街の明かりの方にちら、と視線を向けた。そこから何かが迫ってきている、とでもいうかのような、警戒した眼差しだった。

（私が世界の敵と戦っているのではなく、私自身が新しい世界の敵になってしまっているという可能性——それが今、最も恐れるべきこと……もしも〝あれ〟がそう判断したら、当然——来る）

しかしこの乱れは一瞬だった。彼女はすぐに視線を戻して、ふたたび的場百太たちが隠れているはずの山の方に向けた。

3.

「——ダンスをしよう、ダンスをするんだ、ダンスを——」

千春は——いや、彼に取り憑いている現象は、訳のわからない言葉をえんえんと繰り返している。

その間にも、レモン・クラッシュの光の粒子が彼らのところにじわじわと接近してくる。

「ううう……！」

百太は焦っていた。このままじっとしていたら、すぐに見つかってしまうだろう。しかし、山の外に出て街に逃げられるか、と言えば、それもおそらく不可能だろう。光の粒子はほとんど霧のように、外に通じるあらゆる逃げ道に充満している。引っかからずに抜けることはできない。

「――くそっ！」

百太は喋り続けている千春を背中に担《かつ》いで、よたよたと歩き出した。眠っている万騎を置いていくことに少しためらいがあったが、レモン・クラッシュが千春に吸い寄せられているなら、むしろここに放置した方が安全だと考えたのだ。

千春の痩《や》せこけている体格のおかげで、それほど重くなかった。ふらついていた足取りが、重みに慣れていくにつれてだんだん速くなる。

「でも、くそ、どうする――？」

百太は独り言でぼやいた。

「どうすりゃいいんだ？　このままだと千春が殺されちまうし、といってバット・ダンスを野放しにしとくのもヤバイし、つーか――中条を人殺しにするのもアレだし――ああもう！　俺はどうすりゃいいんだ？」

いやいやいや、と自分で自分に言い聞かせる。

「くそ、考えろ、考えるんだ百太――何かあるはずだ。何かこの事態を切り開くヒントが、どこかにあるはずだ――」

その彼の耳元で千春が相変わらず、

「ダンスなら、氷の上だ……滑って転んで、真っ逆様に落ちて、簡単にあの世行きに……ダンスだ……死にたいのならダンスだ……」

と呟き続けている。

百太はいい加減うんざりしてきて、黙ってくんねえかなと思ったが、ふと、

(待てよ——さっきも確か、氷がどうとか言っていたな——)

ダンスダンスダンス、とあまりにも連呼されるのでもう言葉の意味などなくなっているような気がしていたが、しかしこの言葉に何か理由があるのだとしたら——

(そいつはなんだろう——氷の上でダンス、ってスケートか? いや、待てよ……)

ここで彼は、昨日のことを思い出していた。あの池に行ったことを。

(池だって、冬になれば凍るんじゃないのか——氷の上で踊ることだってできるだろう)

あの場所は、もともと中条深月がそこの絵を描いていたから行った場所だ。あそこに何か秘密が隠されているのではないだろうか。

(でも、そんなところに中条がわざわざ俺たちを案内するような真似をするかな——いや、俺たちは別に誘導されてあそこに行ったんじゃなかったっけ。あくまでも自発的に、だったな。そして行ったら、そこに中条がいたんで、場所のことはうやむやになっていたけど——)

もしかして、中条深月はあの場所にいたのではなく、百太たちがあそこに行くので、先回り

して待っていただけではないのか。

彼女は自分でも、なんであの場所の絵を描いたのか、その意味をいまひとつ自覚していないのかも知れない――そもそも、氷の上でダンス、という言葉が形になったのは、ついさっきのことで、そもそも彼女は聞いていないし。

(……よくわかんねーけど、でも、他にアテがあるわけでもねーし、とにかくあの池にもう一度行くしかねーな)

百太は覚悟を決めて、背中でもぞもぞしている千春を背負い直して、迫ってくる光から逃れるコースを選びつつ山道を下っていく。

するとその視界の隅で、何かがちらちらとし始めた。もう暗いから、あまり周囲のことなど見えないはずなのだが、それでも何かが見える。

眼で追っても、それは逃げていき、決してはっきりとは見えない。しかし、いる。

コウモリの影のようなものが、百太と千春の周囲に寄ってきている。

しかし、ブーム・プームに誘導されていないので、それは千春に吸い込まれたりはせずに、ただ集まってくるだけだ。

(ううう、気味が悪い……)

この土地は、特に昔から呪われた伝承があるとか、戦場跡だったとか、病院が火事になって大勢が死んだとかいう話はない。ありふれたふつうの場所なのだ。あのお城だって、後から観光用に建てられたものである。

それなのに、こんな風に奇怪なものが存在しているというのは、いったい何なのか。

(つーか、もしかしたら、逆なのかも……)

百太は思う。人が〝ここは霊的な場所〟とか言って他と区別している場所には、実はそういうものが少ないのではないか、と。他のところではあまりにも充満しているので気がつかれないが、それが少ないところに行くと、急に何かがいるように感じるのではないか。そこで誰かが自殺して、もうあまり人も住みそうもない場所に行って、なにかの気配を感じると幽霊がいるように思うが、誰かが暮らしている場所で人間の体臭を嗅いでもなんとも思わない。欠落こそ存在感の源ではないか。

(腹が減っているときは、食い物の匂いに敏感になるけど、満腹の時にはろくに感じないようなもんじゃねーのか――)

人間が生きている場所には、どこにでもバット・ダンスが徘徊《はいかい》しているのかも知れない。人は巨大な呪いの中で生活しているとも言えるのではないか。なんともぞっとする考えだった。

(まあ、恨みつらみとかが溜まっているのは、どう考えても人間が今暮らしている場所だろうからな――)

そんな風に変に納得しながら、百太は問題の池に近づいていく。もう空はすっかり暮れて、空には月がぎらぎらと輝いていた。

うんざりするほどに、満月だった。

レモン・クラッシュの光の粒子は、常に百太たちがさっきまでいた場所まで来てから、その後を追ってくる。感知してからそこに到達するまで時間差があるようだった。とにかく停まらなければ大丈夫だ、と百太は足下に気をつけながら慎重に進んでいった。

「……ダンスを、ダンスを、ダンスを……」

千春の口から漏れる声が、だんだん千春の声ではなくなってきている。もっと甲高い、少女のような声になってきている。

取り憑いているものが、より表に出てきているのだろうか。

バット・ダンスの〝元凶〟――それが正体を見せようとしているのか。

「よし、よしよしよし――もうちょっとだ。もうちょっとだからな――もう少しおとなしくしていてくれよ……」

一晩中歩き通して、やっと百太は池の畔《ほとり》にまでやって来た。

その風景を見て、百太はぎょっとなった。

静まり返った水面に、月と、それに照らし出された風景が鮮明に、逆さまに映っている――それを見たことがあった。

「こいつは――あの中条の描いた絵にそっくりじゃないか……」

彼は千春の身体を下ろして、池に近づいていった。

水面はどこまでも平穏で、ただ静かである。月を映している鏡のようだった。

ぽちゃん、と水音が響いたので、びくっとしてそっちを見ると、池の鯉《こい》が一匹跳ねただけだった。

「なんだ、魚か――」

百太がほっとしかけた、そのときだった。

「――ダンスしようぜ！」

甲高い声が響きわたり、そして次の瞬間、百太は背後から飛びついてきた千春の身体と一緒に、池の中へと落ちていた。千春は凄い力で、百太のことを羽交《はが》い締めにしながら、手足をバタバタと動かしている。ダンスしているつもりなのか――しかしその動きのせいで、ダイビングのように二人の身体はどんどん水の底へと沈んでいく。

（う、うおおおおっ！）

百太は必死で、千春を引き剝がそうと藻掻《もが》いた。しかし千春の身体はぐにゃぐにゃと手応えがなく、いくら暴れても全然離れてくれない。

がぼぼぼっ、と水が喉に入り込んできた。まずい、と思った。息が苦しくなってきて、意識がもうろうとする――その中で、何かがちら、と見えた。いや見えるはずがない。水の中だし、

暗いし、そもそも瞼が閉じている。それなのに、その中で見えた。

コウモリが飛んでいる。

その中で踊っている。

コウモリがひらひらと舞っているのを気味悪がらずに、むしろ楽しい感じで、一緒に踊っている人影が、逆さまに見える——それは凍った水面に映っている姿なのだ。

小さな姿が——。

（こ、こいつは——）

百太は薄れゆく意識の中で、それがなんなのか見極めようと努力した。だが——それが唐突に途切れる。

水の中で、誰かがふいに自分の手を掴んできた。反射的に、百太はその手を握り返した。

すると次の瞬間には、彼の身体は千春と一緒に、池の外に引きずり出されていた。

「……ぶ、ぶぼほほほっ——！」

喉から変な音が出て、一緒に飲んでしまっていた水が吐き出された。

地面に下ろされて、そして手が離れる。

「——」

百太は虚《うつ》ろな眼で、自分を助けたその人影を見上げた。二人分の体重をやすやすと引き上げて、息ひとつ切らしていないその少女を。

もちろんそれは、合成人間メロディ・クール——歌上雪乃だった。

そして、彼女の背後に立っている少女が声を掛けてくる。

「ご苦労様、的場くん——弓原千春をわざわざ山から下ろしてくれて」

中条深月——ブーム・ブームは優しい口調でそう言った。

4.

「…………」

百太は、やっぱり——と思った。

目の前に姿を現したブーム・ブームを見ても、彼の心に動揺は湧いてこなかった。

「さあ、あなたはその友人を置いて、どこにでも行くといいわ。もう用はないから」

彼女が冷ややかな声で告げても、百太は恐怖を感じなかった。その代わりに、ゆっくりと首を横に振った。

「いいや、そういう訳にはいかないな。俺の仕事は、ここから始まるんだろうからな」

落ち着いてそう言うと、深月の眉がかすかにひそめられた。

「何？　彼と一緒に死にたいの？　見上げた友情の強さ、と感心すればいいのかしら」

「そういうんじゃないな」

「なら、私に勝てる決定的な奥の手でも隠しているっていうの?」

「それも違う」

「なら、なんでそんな眼で、私のことを見つめられるの?」

深月は、百太の自分をまっすぐに見つめてくる視線を受けとめながら訊ねた。

「………………」

百太は少しの間、無言で彼女のことを見つめていたが、やがて、

「いやあ、やっぱり俺って、おまえのことが好きなんだろうな」

と唐突に言った。

「……は?」

「だからおまえがなに考えてんのかな、って方はちょっと怖いんだが、しかしレモン・クラッシュがどうしたっていう方は、全然怖くねーんだな、これが」

妙に自信たっぷりに言う。それを聞いて、深月は、ふう、とため息をついて、

「別に怖がってもらう必要はないわ——すぐに、何も感じなくなるんだから」

と言って、手を前に差し出してきて、指先を釣り針のように曲げる。くいっ、と腕を己の胸元に寄せた。

それは喩《たと》えるならば、引っ張る動作だった——その見えない糸に釣られて、百太の胸から光が引きずり出された。

彼のレモン・クラッシュが、外に露出する。それと同時に百太の眼の焦点が合わなくなり、首が、がくん、と下に落ちる。〝感動〟が切り離された百太は、しばらくの間は物体のように何も感じなくなる――そのはずだった。

だが顔を上げた百太の眼には、相変わらずの強い光が込められたままだった。

「――え？」

深月の表情に、はじめて動揺が浮かんだ。そんな彼女に百太が、

「へええ、それが俺のレモン・クラッシュか。みんな同じような色をしているのかな。それとも中条、おまえが取り出せるのがそれだけなのかな」

と、まったく変化のない声で言う。

「ど、どうして――いや、そんな馬鹿な――」

深月はさらに乱暴な動作で、さらに百太から光を抜き取った。また一瞬だけ、がくん、と百太がのけぞったが、すぐに元に戻ってしまう。

「無駄だよ、中条――いくら抜き取っても、意味はないんだ」

「どういうことなの？　おまえは何者なの？」

「この光が、俺の心の中の〝感動〟だっていうなら、そいつをおまえが抜いたって、意味はないんだ――だって俺の〝感動〟は、中条――おまえなんだから」

「な――」

「おまえのことが好きで、見ているとドキドキしちまうんだから、おまえにそいつを抜かれても、一目見れば、ほら——あっという間にチャージ完了、ってことだよ、ははっ」

百太は苦笑気味に微笑んだ。

「こんなこと、こっぱずかしいからあんまし言いたくないんだがな。どうやら俺は心底、おまえに参っちまってるらしいや」

「う——」

深月は、混乱した表情になった。それまでの確信に満ちていた様子が、揺らいでしまっている。

「おまえは、もしかして自分には与えられた宿命があって、それを果たさなければならない、とか思っているのか？」

「——うう」

「なるほど、それは正しいんだろう。だがな、おまえはひとつ忘れている——宿命とやらは別におまえの専売特許じゃないってことを。他の人間にだって、それぞれの宿命があるんだ。もちろん、この俺にも」

「——うう、う……」

「俺はなんか知らないが、おまえのことが好きだ。どうしてなのか、って、そんな理由はふつうはいらないんだろうな。だがこの場合は、もしかしたらその理由があるのかも知れない」

百太は、ずっと深月のことを見つめ続けている。

「つまり俺が、おまえのことを好きになったのは――おまえのその、プーム・プームとしての能力に対する、一種の安全装置みたいなもんじゃないか、って、そんな風に思うんだよ。おまえにはバット・ダンスを滅ぼすという使命があり、そして俺は、それを手伝うために――」

「手伝う？　手伝うですって？」

深月は百太の言葉の途中で、大きな声を上げた。

「なに言ってるのよ！　おまえは私の邪魔をしているだけじゃないの！　今だって、こんなに私の気持ちを掻き乱して――」

「落ち着けよ、中条――俺からすると、おまえは焦っているようにしか見えない。バット・ダンスが膨れ上がってきていて、これを消滅させないといけないというのは正しいとして、そのやり方が強引すぎやしないか？　ひとりの人間に詰め込んで、これを殺せば全部消えるはず、なんていうのは少し無理があるような気がするぞ。それは本当に、おまえの考えなのか？　どうだ、おまえはバット・ダンスが〝どうやって生まれたのか〟ということを、本気で考えたことがあるのか」

「え――」

「おまえは戦っているうちに、相手に似てきてしまったんじゃないのか？　死への願望がバット・ダンスの芯《しん》にあるのだとすれば、そいつは〝誰〟の願望なんだ？」

「そんなことは、今さら――」

「いや、もしも芯となるものが残っていたら、今、この土地に溜まっているバット・ダンスを消しても、いずれまた同じようなものが出来てくるぞ。元凶を見極めないと、なんの意味もない――そうは思わないか？」

「それは――」

深月は返答に困って、口ごもる。そこに百太はさらに言う。

「俺は、たぶんおまえにそれを言うために、今、ここにいるんだ。そういう宿命だ。俺は、おまえの能力の一部みたいなもんなんだ、きっと」

「一部、って――」

深月は唇を歪ませた。彼女の能力は、彼女の孤独だった。いつだってそれは、彼女に秘密を守ることを押しつけてきて、そして誰からも認めてもらえないものだった。それなのに、今、この目の前の少年は、それは彼女だけのものではないのだと言う。

「なあ、少しだけ落ち着いてみないか？　中条、おまえには〝ダンス〟って声も聞こえてなかったんじゃないのか。俺には感じられることがあるんだ。それを考えに入れたら、また別のやり方が見つかるかも知れない。そう、俺はおまえに〝やめろ〟とは言わない。ただちょっとだけ、立ち停まって考えてみることが――」

百太は必死で、深月のことを説得しようと彼女に対峙《たいじ》している。

……必死すぎた。

彼はこのとき集中しすぎていて、深月以外のものにまったく注意を払っていなかった。だから、それが横から飛び込んできたときも、まったく気づくことができなかった。

脇から胸を貫通する、強い強い衝撃を喰らって、身体ごと吹っ飛ばされたときにも、痛みすら感じることができなかった。

戦闘用合成人間の跳び蹴りを喰らったことが、最後までわからなかった。

「——がっ……！」

という呻きも、ただ肺の空気が喉から漏れだしただけで、そのときにはもう、彼の意識は消し飛んでいてしまっていて、何も感じることはなかった。

「……な」

深月は、啞然としてその光景を見ている。

彼女の横に立っていたはずの、歌上雪乃が一撃で、的場百太を一瞬で倒してしまったその光景を。

「……な、なんで」

「あーあ、まったく——余計なことをべらべら喋ってたわね、このガキは」

雪乃は、ゆらり、と跳び蹴りの着地から立ち上がって、そして深月の方に視線を向けた。

その眼が、変わっていた。

異様なまでに、真っ赤に染まっていた。夕焼けの空のような色の瞳だった。

そして深月は気づく――彼女の背後に横たわっていた弓原千春が「う……」と眼を醒まして身を起こしかけていることに。

正気に返っている――つまり、それは、

(中に入っていたはずの、バット・ダンスが――)

そこまで思考が働いたところで、もう――彼女も喰らっていた。

神速の速さで間合いを詰めてきた歌上雪乃――合成人間メロディ・クールの肉体が迫ってきて、その必殺の能力〈スティル・クール〉の手刀が、深月の胸から背中までを一気に貫通していた。

「――ぐえっ……」

呻いた深月の耳元で、メロディ・クールが……いや、千春から転移してきたバット・ダンスが、はっきりとした自我を持っている声で、静かに言った。

「ご苦労様、深月――あんたがぼんやりと漂っていたエネルギーを集めてくれたおかげで、すっかり手に入れたわ。この〝自分〟というものを」

もはやそこには、深月の親友だった少女の意識は欠片も残っていなかった。

CRUSH 6

プーム・プームは大嫌い
自分の仕事を盗るヤツが——

1.

共鳴現象——そう呼ばれているものがある。

それはX地点で起こったことが、Y地点でも同様なことが起きるというものである。誰かが思ったことが、別の誰かに、何も言わないのになんとなく伝わっていて、気がついたら全員が同じようなことを考えている——そういうことでもある。あらゆる流行の根幹にあり、同種のものが一斉に変化する生物進化の秘密にも関わっているらしい。そのときに伝わっているものは何か。念を飛ばしている、というには伝わるものがあまりにも曖昧で、誰の考えなのか、という肝心のことはまったく通じていない。

そこに何があるのか。何らかのエネルギーが伝達しているのだとすれば、血液が流れを停めると凝固してしまうように、それが一箇所に集中してしまうこともあるのではないか。

もしその現象そのものが自律して動き回ったとしたら、それが通りすぎた跡はすべての存在が、それの影響下に置かれて、支配されることになるのだろうか。

バット・ダンスが、どうしてそのような形態を取るようになったのかを、その影響下にある人間はおそらく知ることができない。

それを知るとき、人は既にバット・ダンスに支配されているからだ。

＊

弓原千春は、やっと長い混乱から脱して、意識を取り戻した。

「う……？」

確か中条深月と二人で、公園を歩いていて、雨が降ってきたので、屋根付きのベンチで……と思い出していくと、目の前で誰かが倒れているのが目に入った。

それは的場百太だった。

ぴくりとも動かない。どういうことか、と混乱する千春の耳に、ばちっ、という厚手のゴム風船が割れたような音が響いてきた。そっちを見ると、それは人体が外側から強引に突き破られる音だった。

歌上雪乃が、その手刀で中条深月の身体に穴を開ける音だった。

「え――」

眼を見開いた千春に、雪乃はゆっくりと振り向きながら、深月のぐったりした身体を下に落とした。

「ああ――ずいぶんと、前のことのような気がする」

雪乃は千春のことを見ながら、ぽつりと呟いた。

その両眼は今や深紅に染まり、完全に常軌を逸した存在と化している。その顔面の肌の下で、波打つような痙攣が時折、右に左に蠢いている。精神的な変化に留まらず、肉体にまで共鳴現象が顕《あらわ》れていた。

「私はついさっきまで、そっちの身体にいたのよね――でも、その感覚はなんだか、もう百年も前のことのように思えるわ……そっちはどう？　私が〝入っていた〟ときの記憶って、まだあるの？」

穏やかな口調で話しかけられて、千春は奇妙な感覚にとらわれた。

彼女が――いや、もはや少女とは言えない存在だが――このバット・ダンスの言葉が、まったく意外ではないのだった。何を言うのか、先にわかっているくらいに、台本を前もって読んでいるみたいに、相手の言わんとすることがわかるのだった。

そしてそれは、向こうも同じようで、

「記憶はもはや、互いに曖昧――でも、間違いなくおまえの精神は、私の一部になっているようね。そしておまえにも、バット・ダンスの余波がしっかりと残っている――なら、わかるわね？」

人の自殺衝動を固めて、人格化したというその怪物は、まったく温かさというものを持たないその赤い眼で、千春のことを見下ろしている。

「――ああ、わかるよ……」

答える千春の声は、自分でも驚くほどに冷たい響きを持っていた。

「俺は、あんたに近寄られても、もう影響を受けない……既に感染済みだから、免疫があるってことだ」

「そう――私が、これから世界中の人間を、共鳴現象で私と同じものにする中で、あなただけは、今のあなたのままで居続ける――ということは、私の共鳴はあなたという存在に干渉されて広がりきらないということ」

この言葉は、この現象そのものが喋っているようで、実はそうではない。このメロディ・クールの身体の中にある知性が、渦巻いている想念を言語化しているのだ。だから口調も元のままなのである。

「ということは、俺は邪魔だってことで」

「今すぐに、その精神を停止させる必要があり」

「殺す――そういうことだな」

千春は、自分がまっぷたつに引き裂かれているような気分だった。一方では恐怖におののいている自分がおり、もう一方ではどうにでもなってしまえ、という投げやりな自分がいる。その二つが嚙み合わず、空回りしている。

「もちろん、あなたは黙って殺されはしないでしょうけど――残念ね。今、私の身体は戦闘に特化した化け物の肉体。ただの人間であるあなたに勝ち目は皆無よ」

冷静な言い方は、いかにもメロディ・クールの言い草だった。

「そうらしいな——」

そう言いながらも、千春はよろよろと立ち上がった。溺《おぼ》れかけていたショックは身体から抜けつつあり、通常に戻りつつある。

そこで彼は、倒れている中条深月の方に、ちら、と眼をやった。その身体の上から光がぽうっ、と浮かび上がってきたからだった。

それがなんなのか、彼にはわかっていた。深月から抜き取られていた彼のレモン・クラッシュの光だった。

その瞬くきらきらとした輝きを見ながら、彼はふいに自分がこれからやるべきことを思いついていた。

光を見ながら、それを叫んだ。

「——プーム・プーム……！」

光を見ながらその呪文を七回唱えれば、心の奥底の願いを叶える、という言葉をがなり立てながら、千春はその場から全速力で逃げ出した。

「プーム・プーム！　プーム・プーム！」

絶叫しながら、彼は山道を駆け下りていく。その後ろからメロディ・クールが余裕で追跡してくる。

「プーム・プーム！　プーム・プーム・プーム！」

彼の必死の逃走も、あっさりと合成人間の脚力に追い抜かれる。そして横から脚を引っかけられて、転倒させられる。その中でも彼は、なおも叫んだ。

「プーム・プーム！　プーム・プーム・プーム！」

その彼の口を、がしっ、とメロディの手が乱暴に掴んで、塞いでしまう。

「うるさいわね——なんのつもり？　少なくとも今の行動は、バット・ダンスの影響とは関係なかったわね。どうして急におかしくなったのかしら」

「うぐ、うむむ……」

千春は藻掻いていたが、しかしもう同じ言葉を繰り返してはいなかった。

メロディの眉が、ぴくっ、とひそめられる。あのレモン・クラッシュの噂は、あくまでも中条深月がバット・ダンスの影響から人々を守ろうと〝心の底から願い〟を意識させて生きることに自覚的にするために流していただけのもので、実効性などはない。それは確かだ。光を見て、呪文を唱えても願いは叶わない。しかしそこで深月はなぜ、自分の別名であるプーム・プームを唱えさせようとしたのだろう。それはつまり、危なくなったら自分を呼べ、というものではなかったのか。呪文は助けを求める緊急のサインと同じで——

(しかし、深月はもう倒した。助けなどは来ない。あいつと同じようなヤツでもいない限り——)

そこでメロディ・クールの耳は、異様な物音を捉えていた。千春が藻掻いている音ではない。風の音でもない。水の音でもない。この世の他のあらゆる音でなく、それは——口笛だった。およそ口笛で吹くのにはふさわしくない曲、ワーグナーの〈ニュルンベルクのマイスタージンガー〉第一幕への前奏曲が、この山の中に奏でられていた。

「——————!」

とっさに飛び退いていたのは、この乗っ取った身体に染みついた戦闘訓練による反射だった。その身を引いた空間で、なにか糸状のものが、きらっ、と光った。それに触れたら致命的なダメージを受ける、ということが直感でわかった。

「——な……!」

メロディ・クールの眼が、その糸が飛来してきた先を探し求めて、そして——すぐに見つけた。

満月の月光を背にして、樹のてっぺんに、まるで影のように体重など存在しないかの如き身軽さで、ふわり、と立っている。

全身を黒いマントで包んで、黒い帽子を目深に被っていて、闇のような色のルージュを引いている。

そいつを一目見て、バット・ダンスは何故か理解していた。そいつのことを知っている、と思った。メロディ・クールの知識の中にある、というだけでなく、本質的なところでその存在を知っている……その死神の噂など知らなくても、そいつのことを知っている、と思った。

「……ブギーポップ……？」

彼女がそう呟くと、黒帽子はちょい、と眉を片方だけ上げて、左右非対称の奇妙な表情になり、

「呼ばれて飛び出て――でも、代役だけどね」

と言った。

2.

「――しゃあっ！」

メロディ・クールは雄叫《おたけ》びを上げながら、黒帽子の影に突撃していった。先手必勝で、相手の言葉が終わるのさえ待たなかった。

常人であれば、そもそも視界にさえ捉えることのできない合成人間の高速攻撃で、黒帽子の胸元に一撃を喰らわす。それはもはや格闘というよりも、射撃に近い勢いだった。

しかしその必殺の手刀が命中する寸前、黒いマントの影は下に落下していって、攻撃は空を

切った。

深追いはせずに、そのままメロディは通過し、着地して体勢を整えたところで振り返った。

黒帽子は、別の樹の上に移動していて、その先に立っている。

また突撃して攻撃するが、同じようにかわされた。二度目なのでそれを予期して、あらかじめ連撃できるように動いているので、二撃め、三撃めをすかさず蹴りで放っている。

完全に捉えたはずのタイミングだったのに、黒帽子はするりするりと寸前で攻撃をことごとくかわす。だが先読みしているにしては、反撃が来ない。

(なんだ——こいつ？)

バット・ダンスの中のメロディ・クールの戦闘センスが得体の知れない疑問を感じたときに、黒帽子の声が響いてきた。

「水面に映っている月に触ろうとしても、その瞬間に波が立って、形が崩れてしまうような、そういう感じかな」

その声には聞き覚えがある。どこかで聞いた声なのである。だがどうしても思い出せない。

「——しゃあああっ！」

メロディは声に返答せずに、ひたすらに攻撃を重ねる。しかし、かすりもしない。

すると、ふう、と黒帽子がため息をつく音がした。

「しかし、なんだね——雪乃、君はいつもこんなことをしていたのかい。ずいぶんと無理があるやり方だとは思わないのかな。君はもうちょっと、エレガントなことが好きなんだと思うんだけど」

妙に呑気そうなその声を、確かに知っている——だが、同時に全然知らないとも思う。それがどうしてなのか、メロディ・クールには理解できない。そもそもバット・ダンスの対峙した相手を自死に引きずり込む共鳴現象が、この黒帽子にはまったく届かない。まるでこいつには精神が存在していないかのように。

「うぐ、ぐぐぐっ——！」

攻撃をかわされ続けながら、だんだんと混乱が増してきて、狙ったところに攻撃が行かなくなってきたところで、戦闘行動の判断をする心の一部分が〝いったん撤退せよ〟という指示を出す。

合成人間の身体は、どすん、と地面に墜落するように着地すると、即座に跳躍と疾走を足したような動作でその場から全速力で去っていった。

「………」

黒帽子はその去っていく影を、すぐには追わない。その代わりにきびすを返して、山の方に少しだけ戻っていく。

そこには、弓原千春が潰されかけていた喉を押さえながら、身を起こそうとしている姿があった。

「う、うう——あ、あんたは……」

「さて、千春くん——前にも訊いたけど」

黒帽子は静かな口調で話しかけてきた。

「この前は、君が見たからプーム・プームはそこに現れた——今はどうだい？　君には今、何が見えている？」

「え、えと——」

千春は息を停められかけていたのでまだ意識が少し朦朧《もうろう》としている。訊かれていることも意味不明のことだ。それなのに彼は、自分が何を問われているのか、完全に理解していた。

「俺は——そう、俺はあれが嫌いだ」

「何が嫌いなんだい」

「あれだよ——あの、この公園の側に建っている、あれのあそこが、きっちりと整いすぎているのが嫌いで——」

＊

（さて——どうする……）

メロディ・クールの中のバット・ダンスは次の行動に迷いを感じていた。

この異形《いぎょう》の精神エネルギー体は、人間に取り憑いているから、人間のように思考しているに過ぎなかった。人間の自殺衝動から生まれた存在であるが、それ自体には己を破壊しようという方向性はない。そもそも人間はなぜ自殺するのか、その理由は個々人によって千差万別で、おそらく誰にもわからないだろうが、絶望から死ぬ人々には世界から逃避したいという気持ちがあるのだろう。自分がこうあるべきだと思う理想の世界と、現実の世界がかけ離れているから、そこから逃げたいと思うのであろう。もしも世界が彼らの思うようなものであれば、死を選ぶ必要などないからだ。

バット・ダンスには、その理想はない。

ただ人が生を、世界を拒絶するときの、そのときの心のざわめきだけがある。

それが怒りなのか、悲しさなのか、あるいは生きようとしている人には決して感じることのできない、顧みられたことも語られたこともない感覚なのか、それはわからない。

ただ衝動があるだけだ。

バット・ダンスの中に渦巻いているその衝動を、ありとあらゆる人間に伝播させて、共鳴させて、より巨大な波動となること。

それだけがバット・ダンスの欲望のすべてだった。

それに役立つようにメロディ・クールの知性と能力を借用しているが、もっと的確な肉体があれば、すぐにそっちに転移するだろう。より強力な合成人間、最強の存在と言われるような者が目の前に来たら、当然そいつの肉体を乗っ取るだろう。

（それだな……）

決断が成される。あの黒帽子のようなバット・ダンスを妨害するものが歴然と存在している以上、さらなる強力な存在に生まれ変わらなければならない。

（とにかく、人間の大勢いるところにまずは行って、共鳴現象であの黒帽子との間に立ちはだかる〝盾〟に改造するのが第一だ）

メロディ・クールの身体は山を駆け下りて、自然公園の出入り口付近へと向かう。

月明かりに照らし出された風景の中で、ふと、その眼に嫌でも入ってくるものがあった。

それは公園に隣接して建設された、観光用の城だった。

「…………」

その城を見た途端に、彼女の足が停まった。

「…………」

心の中で、何かがざわめいていた。整理されていない人格の中で、がたがたと暴れ回る何かがいた。

「…………」

その視線の先で、きらびやかに輝いているのは下からのライトアップに照らし出されて見事に飾り立てられた、一分の隙もなく美しくなっている城だった。

「…………」

気がつくと、奥歯をぎりぎりと噛み締めている。耐え難い。きっちりと整って、調和しているのがなんとも不愉快だった。

崩さずにはおれない。その衝動が凶暴な奔流となって、全身に流れ出てくるようだった。

その感覚——それこそが中条深月が、バット・ダンスを集束させるのに弓原千春を選んだ理由だった。ごくふつうの、ありふれた少年に潜んでいる不思議で不可解な性癖。その部分に点火すると、他のすべてを消してしまうほどの、強迫的な観念がプールの排水口のように何もかも吸い込んで、どこかに消してしまうのだ。

「…………うぐ」

口から呻き声が漏れる。

「……うぐぐぐぐ、ぐ……」

弓原千春であれば、それは単に城の端《はし》っこに置かれているゴミ箱を少し斜めにする、という程度の行動で気が済む。それは彼が、それぐらいしかできないからだが、しかし今、その感覚の残響が残っているこの肉体は、あらゆる物体を両断できる強大な能力を持っているのだ。

「うぐぐぐぐぐ……！」

抵抗らしい抵抗は、ほとんど心の中で形成されなかった。

城を目撃してから、その十秒後にはもう、メロディ・クールの強靱《きょうじん》な脚は大地を蹴って、城壁を駆け上がり、その天守閣へと跳躍して、そして城全体を、まっぷたつに切り裂いてしまおうと腕を振りかぶって——そこで苛立っていた表情が、凍りついた。

月光を背にして、またしても立っていた。

帽子とマントで筒のようなシルエットの中に、ぼうっ、と白い顔が浮かび上がっていて、黒いルージュが左右非対称の奇妙な形に歪んでいる。

「——ブギー……?!」

待ち構えていた——ここに彼女が来ることを知っていたかのように。

そしてその姿が見えたときには、もう、何かが彼女の背中に触れていた。腕に、肩に、腰に、太股《ふともも》に、爪先に、頬に、唇に、瞼に、首筋に——いたるところに、何かが絡みついていた。

ぞっとするほどに冷たく、鋭い感触を持った、とてもとても細い糸が。

全身を既にがんじがらめにしていた。彼女自らが、その罠《わな》が張られていた蜘蛛《くも》の巣に飛び込んできたのだった。

じわっ、と切り裂かれた全身の傷から鮮血が滲み出る。

(——まずい!)

もう逃げられない——黒帽子が指を一振りするだけで、彼女の身体は瞬時にバラバラになり、即死してしまうだろう。今、ここで死んだら、せっかく集まったバット・ダンスのエネルギーはふたたび拡散して、また集まるのに相当な時間が掛かってしまうだろう。

そう悟った瞬間に、エネルギー体はもう次なる決断に移っていた。

メロディ・クールの肉体から、憑依《ひょうい》していた精神が離脱する。それは最も近くに存在する生物に転移する。

(こいつを、捨てて——)

それは、城の照明に惹かれて飛んできていた蛾だった。

やや厚ぼったく見える羽をぱたぱたと動かして、蛾はこっそりとその場から離れていこうとする。

しかし——その昆虫の死角にあたる闇の向こうから、何かが接近してきた。

それはコウモリだった。野生動物の馴れきった無駄のない動作で、その蛾を一瞬で口吻《こうふん》で捕らえて、たちまち嚙み砕いていた。

己が相手に悟られもしないうちに補食してしまったものがなんなのか知りもせず、そのコウモリは飛び去ってふたたび闇の向こうへと消えていった。

3.

城の天守閣の上に立っている黒帽子は、その指をついっ、と動かした。

「——さて、と」

するとがんじからめに絡み取られていた歌上雪乃の身体が引っ張られてきて、屋根の上にどさ、と落ちてきた。

全身は糸で切られて傷まみれだったが、しかしそのどれもがごく浅いものだった。

「う、うう、う——」

呻き声を上げているが、意識は戻っていない。意識を乗っ取られたときに、精神もぐしゃぐしゃに掻き乱されていたので、まともに頭が働くようになるにはしばらく掛かるのだった。

そんな彼女を見下ろしながら、黒帽子は、

「まあ、このままここで寝ててくれ。目が醒めたら自力で下に降りればいい。すぐに起きるとは思うけど、もし朝になってからだったら、きっと目立つだろうね」

と軽い口調で言い、首を少し傾げて、

「でもねえ雪乃、君は強い娘だから、あんまり心配する気にならないんだよね」

そして、現れたときと同じように、ふわっ、と落下するようにして、あっという間にその場から消えた。

「う、うーむ……」

弓原千春がふらつく頭を押さえながら、静かになってしまっている池の前まで戻ってきたときには、黒帽子の姿もまたそこにあった。

「やあ、弓原くん」

話しかけられるが、千春としては混乱が続いているので、こいつにどう対処していいのかわからない。怖がるべきなのかも知れなかったが、もうそんな気力は湧かなかった。

「どうなっているのか、少しは教えて欲しいんだが……どうなんだろうな」

彼はぶつぶつ言いながら、倒れている友人の的場百太の側にしゃがみ込んだ。

百太は呼吸しており、ショックで気を失っているだけのようだった。千春はほっと安堵の吐息を漏らした。

「よかった——百太を殺してたら、俺はどうしようって思ってたんだ」

しみじみとそう言うと、黒帽子がうなずいて、

「彼はそうそう死なないさ。使命を持って生まれてきたんだからね」

と言った。

「使命?」

千春が訊くと、黒帽子はちょい、と眉を片方上げて、池の畔に倒れているもうひとつの人影に目を向ける。

「そう、深月を解放するという使命がね」

その視線の先では、胸に大きな穴の開いている中条深月が仰向けになっている。

その眼は見開かれていて、夜空を睨みつけている。

「……中条は、何を見ていたんだろうな」

千春がぼそりと呟いた。

「俺にも責任があったんだろうけど、なんか、もうよく思い出せない……」

バット・ダンスが四散してしまったためか、彼の中に残っていた共鳴も徐々に薄れていく。

そんな彼に黒帽子は、

「これは、月のようなものだったんだよ」

と言った。

「月？」

「そう、この事件は要するに、月の話だったんだよ」

それから黒帽子は、彼に色々と説明にならないようなことを説明した。

中条深月は、バット・ダンスという世界に対する脅威に対抗するような、特別な才能を持っていたがために、それに振り回されて、責任感から暴走気味になってしまったというようなことを、淡々と語った。千春はそれを聞いて、なるほど、と思うと同時に、それがもうどこか他人事のような、遠いものに感じられた。あるいは中条深月は、弓原千春という〝餌〟としてうってつけの対象を発見しなければ、あるいはこんなことをしなかったかも知れない、というような罪悪感も覚えるが、それもなんだか重みのない気持ちだった。すべてがもう、夢の中の出来事のようで、現実感がなかった。

そんな彼に黒帽子は、やや突き放したように、

「彼女は敏感で、繊細すぎて、自分に科せられた宿命に耐えられなかった。そう——呪いに負けた、というような言い方もできるね。呪いと戦おうとしたが、やりすぎて——結局は、その呪いと同質のものになってしまったんだ」

「そいつは——」

千春は言いかけて、そしてその言葉が途中で、ぎくっ、と停止した。

その視線の先で、動いていた。

倒れている中条深月の指先が、手が、腕が——そして上体が曲がって、ゆっくりと立ち上がっていく。

「お、おい——こいつ、まだ……!」

千春が声を上げても、黒帽子は平然とした顔で、唇の端をちょいと曲げ、眉を片方だけ上げて、微笑んでいるような、嘆いているような、なんとも言えない左右非対称の表情を浮かべて、

「そりゃそうだ——不気味な泡のぼくと違ってそう簡単には消えない。それがブーム・プームなんだから」

と言った。その前で、深月はゆらり、と多少不安定に傾きながらも、直立して、黒帽子の方に顔を向けた。

千春は、はっ、と気づいた。

深月の胸元に開いている穴の上を、ぼうっ、と光が覆っていた。

「あれは……レモン・クラッシュ……？」

だが色が違う。レモンの色ではない。むしろオレンジ色の、もっと弱々しい光だった。だが鋭さがない代わりに、温かさを感じさせる光だった。

「…………」

深月は、自分の胸の光を、ぼんやりと見下ろした。

「これは……私のじゃない……」

呟いた彼女に、黒帽子はうなずいて、

「そうだね、それは百太くんの光だね」

と言った。その光は深月の傷の縁《ふち》をくるむように覆っていて、そしてだんだんと塞いでいっている。治している。

「的場くんは……もしかして、ほんとうに彼が……？」

深月は信じられない、という眼をしていた。そんな彼女に黒帽子は、だから言っただろ、みたいな調子で、

「君は迷っていた。どうしてだかわかるかい。それは、君がしょせんは〝鍵〟を持っていなかったからさ。君は決断する立場になかったんだよ。君はただ、ちょっとばかり巻き込まれていたにすぎなかったのさ。君は世界を救うヒーローじゃない——救われるお姫さまだったんだよ」

*

……百太は、朦朧とした白い空間にぽつん、と取り残されていた。

「ここは——」

彼が歩き出すと、それにつれて周囲の風景がどんどん浮かび上がってくる。

白いと思っていたのは、雪景色だった。さくさく、という足の感触が一歩ごとに確かなものになっていく。

そして、知っている情景の前に到着する。

凍りついた池の畔までやって来て、その氷の上に人影を発見する。

少年だった。

もこもこしたコートを着て、手袋をはめて、頭には毛糸の帽子を被っている。そのちんまりした手足を振り回して、氷の上で半分滑りながら、楽しそうに踊っている。

「————」

それを眺めながら、百太はぼんやりと理解していた。

これは、過去の情景だ。

一体どれくらい前なのかわからないが、少年の服装は、彼が親のアルバムで「これが父さんたちの子供の頃だ」と言って見せられたものに似ているから、きっともう三十年くらい昔のことなのだろう。

どうということのない風景だ。だが彼の意識がここに飛んでいるということは、この時点のことに意味があるのだろう。

しばらくぼんやりと眺めていたら、山に棲《す》んでいるコウモリの群が、ひらひらと飛んできた。冬眠していないのがいたのか、それとも急に寒くなりすぎて間に合わなかったのか、そのコウモリたちは元気がなく、弱っているようだった。

空を飛んでいたのが、どんどん下がってきてしまって、少年の踊っている凍った湖面近くまで降下してきた。

それを見て、少年は顔をぱっ、と輝かせた。コウモリを追いかけていって、その群れに入り込むようにして、なおも踊っている。テンションが上がってしまっているのだろう。大声で、ダンスダンスダンス、と喚いている。子供らしく、単語をやたらと連呼するだけで興奮している。

それは百太が幻聴として聞いた声に似ていたが、しかしそのものという訳でもなかった。幻聴はもっと濁《にご》って聞こえた。

そんなことをしていたら、少年の足下で氷が、ぴし、と軋みを上げた。

そして割れてしまう。少年は冷たい水の中へ転落した。

「――――」

百太はその様子を、憮然《ぶぜん》とした顔で眺めている。助けに飛び出すということはない。

その必要もない。

すぐに少年の親と思しき大人たちが駆けつけてきて、彼の身体を冷たい水から救い上げたからだ。

だが――少年が落ちるときに、一緒に墜落していったコウモリたちは、そのまま冷たい水の中に沈んでいく。

少年たちが去った後で、百太はその場所にまで歩いてきた。

彼は、この場所では重さのない幻のようなものなので、水の上でも平気で歩いていく。

そして穴の上で身を屈めて、コウモリたちの死体を見つめた。

「なんとまあ――こんなことだったか」

唇を少し尖らせながら、百太は呻いた。

「今のあのガキ――あいつがどんなヤツで、この後どんな人生を送ったのか、きっと今もどこかでふつうに生きていて、オッサンになって、その子供が反抗期になったりしているんだろうが――」

ちら、と少年が去っていった方角に目をやるが、もはやそこには何もない。白い靄《もや》がどこまでも漂っているだけだ。

「――本人も知らなかったし、知らないままだったが、あいつには深月みたいな特殊な才能があったんだろう。そいつはきっと、自分の気持ちを他のものに転写できるという、そういう類の能力で、そしてこのとき、あいつは」

死んでいくコウモリたちは、冷たい水の中でゆらゆらと揺れている。浮かぶでもなく、沈むでもなく、中途半端に漂っている。

「その力を使い切った――死ぬかも知れない、というときの感覚を、全部、死にかけたコウモリに転写していったんだ」

それがどんな気持ちだったのか、百太は知っている。

それは冷たく鋭い癖に妙に甘いところもある、逆らうことが難しい奇妙な安らぎなのだった。

そもそも、氷の上で踊り回っていたのも、そのときに嫌なことがあって、その憂さ晴らしだったのだろう。冷たい氷の中に引きずり込まれたときに、少年は恐怖と、混乱と、焦燥のただ中にあって、一瞬――ほんの一瞬だけ、きっとこんな風に思ったに違いない。

〝でも、これで楽になるんじゃないのかな〟

それがバット・ダンス。

その一瞬の、しかしどこまでも深く底のない感覚が、本人から切り離されて、延々と池の底に沈み続けていたのだ。

それを芯として、周辺から似たような波動がじわじわと、鉄の劣化がいったん錆《さ》び始めたところからどんどん広がっていくように、大きく、強い存在になっていったのだろう。

ほんの一瞬の、どこかの誰かの気の迷い。

それがそのまま、世界の危機に直結していたのだ。

「なんとまあ――」

百太はため息をついた。そして冷たい水の中に手を突っ込んで、コウモリの死体を引き上げた。

コウモリに触れたとき、一瞬だけ、恐ろしく冷たい感触があったが、それもすぐに薄れていく。

そして百太は、そろそろ起きなきゃ、と思って、幻影の中で瞼を閉じていき――

＊

――現実の方で眼を開ける。

「はあっ――」

大きく息を吐く。すると横にいた千春がびっくりして、

「だ、大丈夫か？」

と訊いてくるが、これには答えようがないので、ああ、とか曖昧にうなずくにとどめて、すぐに手元に目を落とす。

そこには一匹のコウモリが握られていた。脆《もろ》い身体を壊さないように、柔らかく持っている。

「な、なんだそれ？　おまえ、そんなの持ってたっけ？」

千春が不思議そうな表情になるが、これにも答えようがないので無視して、百太はよっこいしょ、と立ち上がって、その手を空に向かって開く。

コウモリは、ややぎくしゃくとした動作で、それでも翼を開いて、そこから飛び立っていった。

明けかけた夜空の彼方に、すうっ、と消えていった。

それと同時に、百太の身体は急に力が抜けたように、へなへな、とその場に崩れ落ちた。向こうでは中条深月も、同じように座り込んでしまっている。二人とも茫然とした眼差しを、どこでもない虚空に向けている。

憑き物が落ちたような顔をしていた。

プーム・プームは月の子
お日様の下では影が薄い——

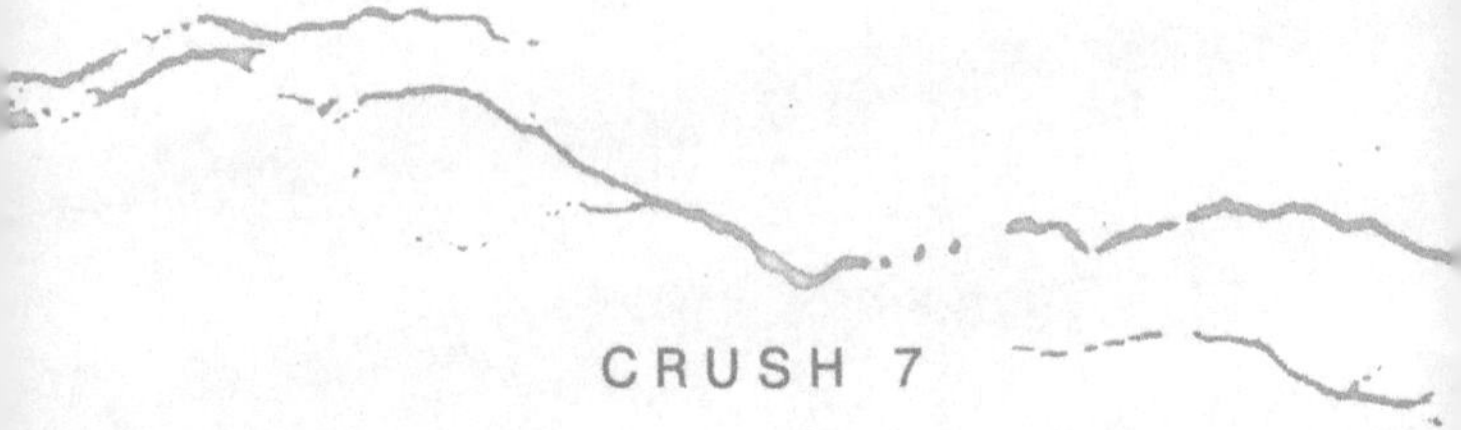

CRUSH 7

1.

——これが夢の中だということは、彼女にはわかっている。

「私は余計なことをして、状況を悪くしただけだったのかしら？」

ぼやくように言うと、目の前にいる黒帽子を被った筒のような影は、

「だから、そういうことを判断するのはぼくらの役割じゃないんだよ、プーム・プーム」

と言った。

「私は、私なりに正しいことをしようと思ったのよ」

「なら、それでいいじゃないか。何が不満なんだい」

「だって——私は結局、間違っていたんでしょう？」

彼女は首を弱々しく左右に振る。

「私は犠牲が必要だと信じて、固い決意のつもりで色々とやったけど、実際にはそんなものは必要なかったんだわ。それどころか私は、雪乃のことを無警戒に信じたりして、逆に窮地に追い込まれもして」

「友だちのことを信じるのは、良くないことだったのかな」

「……警戒していれば良かったのよ。私は、雪乃がこちら側についてくれたとき、嬉しかった。脳天気に喜んでしまっていたのよ。そんなことでは駄目だったわ。いったん非情になると決めたはずなのに、なりきれなかった……私は半端だったのよ」

「そうかね。どうもぼくには、君は無意味なことでくよくよしていたようにしか思えないけどね」

「どういうことよ？　無意味ってなによ？　現に、世界の敵は現れたし、その脅威も本物だったはずよ。私だって――」

「私だって頑張った、かい。それを否定されると腹が立つ、と？」

「――そうよ」

「君は無い物ねだりをしている」

「え？」

「君が言っているのは〝こんなに頑張ったんだから、誰かに褒めてほしい〟ということだよ。そんなものはないんだ。君は助けが期待できない状況で、それでもひとりで戦ったんだから、君と対等の者なんかはいないんだ。君にしかできないことなんだから、他の者がその意味や功績を正確に把握することはできない。つまりは、誰にも君を褒められない」

「それは――」

「それは君も同じだ。君は他の者を褒められない。誰も君の助けにならなかったから――君が信じたいと思った相手も、所詮は敵に簡単に呑み込まれてしまうだけだったし。でもそんな君の代わりに、きちんと仕事を果たしてくれる者はいたんだね」

「——私は結局、彼のために道を用意していることぐらいしかできなかった、ということなのかしら」

「それも少し片寄った見方だね。やはり君は少し事態を軽く見ていたようだね。自分は正しいのだから、相手に勝つのは当然で、それに成功しなかったら未熟だというような」

「だって——だってそうじゃない。何が違うの？」

「敵の方だって、自分は正しくて、負けるとしたら、それはまだ未熟だから、と思っていたんだよ。この世界が正しくないと思うから、世界の敵になるのだから——あるいはこういう言い方もできる。世界の敵が次々と現れるということは、いつかは彼らの方が勝つのだということの証なのだと。前は未熟だった、だから次はもっと成長してくる、と」

「——それは……」

「しかし残念ながら、彼らは互いにはまったく連携できないで、孤立してそれぞれ世界に挑むから、バラバラに各個撃破されていくんだけどね。でもそれは〝今のところ〟だ。いずれは彼らの方が勝ち、今のそれとはまったく異なる新世界が生まれることになるかも知れない。今回のバット・ダンスも、その衝動がもっと洗練されて、成就していたら、全世界の生命が同じことを願い、同じことを信じるという理想郷ができていただろう。すべては可能性の話で、ぼくらもそのうちのひとつに過ぎないんだよ」

「……あなたは言っていたわね。私たちは善悪を問えない、って」

「そうだね、それがぼくらのような、端境《はざかい》に立っている者の限界だね」

「今回の危機は、その元凶を絶ったのは的場くんだったけど……でも、直接に戦ったのは、やっぱりあなただったわ」

「それは物の見方によるけどね」

「あなたこそ、こんなに厳しいことをし続けているのに、誰にも褒められていないんじゃないの？」

「さて」

「あなたはどうなのよ？　私のような不満や焦りは感じないの？　自動的だから、って言い訳しているだけじゃないの？」

「言い訳しているとしたら、どうなるんだい？」

「どう、って――」

「ぼくが嘘つきであるか、虚勢を張っているだけの張り子の虎なのかどうか、そんなことは重要なことじゃない。肝心なのは、ぼくが世界の危機に間に合うかどうかなんだよ」

「間に合う――」

「ぼくは言ってみれば、水面に浮かんだ泡で、君は水面に映った月の影だ。境界面で、その間に漂う存在だね。水と空、そのどちらでもないが、間に挟まっていて混じり合うのを分けている。波が起きれば、それに合わせて動かないと消えていく——君はもう、間に合わなかった。それだけのことなんだよ」

「そうね——私は、ここまでね」

彼女は、幻の世界の中で、その黒帽子の影をぼんやりと見つめていた。だんだんとその姿を捉えることができなくなっている。姿が薄れていく。

黒帽子ではなく、彼女の方が薄れていく。

「後は任せる、って言っていいのかしら？　それとも、どうせあなたもいつかはこうなるのよって忠告した方がいいの？」

「さて、それはどちらでも、お好きなように」

「でも——何かすっきりしないわね」

彼女はちょっと眉間に皺を寄せて、相手のことを睨むようにして、訊く。

「あなたってやっぱり、少し変なんじゃないの？　ねえ、ブギーポップ？」

彼女の問いかけに、黒帽子は答えなかった。その代わりに左右非対称の奇妙な表情を浮かべるだけだった。それはとぼけているようにも、笑っているようにも見えた。

＊

自宅のベッドの中で目覚めたとき、中条深月は少し妙な感じがした。

いつもよりも、身体が軽いような気がした。

部屋からリビングに出ると、母親がおはようと言ってきたので、おはようと返事を返す。今日は少し寝坊したわね、と言われて、そうだっけ、と思う。いつもはどんな風に起きていたのだろうか。よく思い出せなかった。

そして学校に行って、いつものように授業を受けていて、もう予習がとっくに終わっているところで少し退屈になって、窓の外に目をやって景色を見る。

また、あれ、と思う。

なんだか景色がやけに綺麗に見えた。いつも見ている風景なのに、緑が鮮やかに見えたり、射し込んでくる太陽の光がきらきらしている。

（なんなんだろう、なんかずいぶんと、楽……）

リラックスした感じで、ぼーっ、と外を眺めていると、ふいに教師が驚いたように、

「中条さん、どうかしたの？」


（……あれ？）

と心配そうに訊いてきた。え、と顔を向けて、

「なにがですか?」

と訊き返すと、教師はとまどいながら、

「だって、あなた——泣いてるわよ?」

と彼女の顔を指差してきた。はっ、と頬に手を伸ばすと、確かにぐしょぐしょに濡れている。号泣している、といってもいいような泣き方だった。

「い、いえ——なんでもないです。嫌だ、眼に何か入ったのかな……」

ハンカチを出して、涙を拭い取る。すぐに元に戻ったので、混乱はおさまり、授業が再開される。

昼休みになり、彼女は机にお弁当を広げる。彼女はほとんど級友とは一緒に食事しない。なんとなく距離を取っている。

(なんでだろ——中学の時は、結構みんなと食べてたわね、そういえば)

ふいにそんなことを思う。今までは考えたこともなかったのに。そして食事を終えると、自分が教室にひとりしか残っていないことに気づく。ゆっくり食べていたら、他の者たちはみんな休み時間でどこかに行ってしまったらしい。

「……………」

弁当箱をしまいながら、ふと、視線を感じた。

（――ああ、あいつらか）

教室の扉に半分身を隠しながらこっちを覗いているのは、お馴染みの三人組のうちの二人――的場百太と弓原千春だった。

（なーんかあいつら、やたらと私のことを見てるのよね……）

少し悪戯心が湧いてきて、その男子たちに向かって、

「あんたたち、なんか私に用でもあるの？」

と話しかけてみた。がたたん、と彼らがこける音が廊下に響いた。

2.

「……だから、なんで私とあんたが同室なのよ？」

真っ白い病室のベッドの上で、歌上雪乃は不満げな声を上げた。

広い共同病室には六つのベッドがあるが、入院患者は雪乃ともう一人、矢嶋万騎の二人しかいないのだった。

「まあまあ、そんなに気にすんなよ。色々と都合があるんだよ。個室にするよりも偽装が簡単だとかな」

万騎の方は、のほほんと呑気な顔である。

この二人の合成人間は、共に事件前後の記憶を失っていた。

万騎は無理もなかった。激しい損傷とそれを回復するための超再生睡眠が重なり、自動車事故に遭った人間が前後の記憶を失うのと同じような状況にあったからだ。この入院も、はっきりと治療と失った組織の移植という目的がある。

だが、雪乃はそうではない。

彼女には怪我らしい怪我はなかった。どうして城の上で気絶していたのか、まったく覚えていない。後で身体を調べてみたら、糸のようなもので縛《しば》られていたはずだというのだが、目覚めたときにはそんなものはなく、ただ天守閣の上に転がっていただけだった。

はっきりと、怪しい——だがこの件に関して、負傷した〝被害者〟である万騎自身が統和機構に「処分するには容疑が不確定だから、監視をするという条件で放っておいた方がいい」と提言したのだ。

だから今も、彼は雪乃にぴったりとついているのである。雪乃もその辺の事情は薄々わかるので、

（あんまり文句は言えないんだろうな……）

とは思うのだが、なにしろ万騎の軽薄な物言いが彼女のカンに障《さわ》るので、どうにも語気が荒くなる。

「あんた、私が着替えているときにカーテンの隙間から覗いたりしていないでしょうね？」

「馬鹿だなあ、そんなバレるような真似はしないよ。せいぜい寝顔を観察しているくらいだ」

「あのねえ……」

もちろん冗談だろうと思うのだが、おそらく彼女よりも強い合成人間である万騎にそうされても自分は気づけないだろう、とも思うので無駄な不快感が募るのだ。

頭を掻きながら苛立っている彼女を、万騎はニヤニヤしながら見つめている。雪乃は睨み返して、

「それにしても人が悪いわよね、あんたって」

と言ってみた。万騎は悪びれる様子もなく、

「初めて会ったときにはもう、俺がおまえの正体を知っていたことが、そんなに腹が立つのか？」

「……それだけじゃないけど、それもあるわよ」

「そりゃおまえの考えが浅いんだよ。おまえがみんなに正体を隠していることを気にしてるから、そんな風に思うんだよ。俺を見ろよ、まったく気にしていないから、誰が〝実は統和機構のメンバーでした〟って言ってきても、ああそうですか、って感じだぜ？」

「……神経が図太くて、羨《うらや》ましいことだわ」

やれやれ、と雪乃は首を左右に振って吐息をついた。

そんな彼女を、万騎は見つめている。

彼にはわかっていた。記憶はないが、自分の身体につけられた大きな傷は、間違いなく彼女の〈スティル・クール〉によるものだと。すぐに治っていってしまったから今となっては特定できないが、しかし、彼の戦士としての経験から実感としてわかる。

しかしそれでも、彼はそのことを統和機構に報告しない。理由は簡単で、それは彼女が百太の想い人の親友だからだ。

今回の事件に関して、統和機構としては一応の結論を出していた。あの問題の池からはわずかなMPLS反応が感知できたということだが、それは極微量であり「いたとしても、もう消滅している」と。何が起こったにせよ、ケリがついているのだ。むろんこの後で他の奴らが色々と調べたり研究したりするのだろうが、それは万騎にはどうでも良いことだった。

統和機構には借りがあるし、恩も感じている。しかしもう終わったことにこだわって、友人を売るような真似はしない。これは万騎にとっては当然のことだった。単純な性格だから、そこで葛藤などしないのである。

(まあ、俺が死んでねーからいいだろ)

そんな感じである。しかしその万騎の変な余裕が雪乃にはムカっとくるのだった。

「今日の晩飯はなんだろうな？　カレーとか食いたくないか」

「……カレーは嫌いだから」

「おまえねえ、カレーが嫌いとか言うと人格疑われるよ」

「……なんで男って、みんな私にカレーを薦めてくんのよ？　意味わかんないわ」

二人が喋っていると、病室のドアがこんこん、とノックされた。

「はーい、お邪魔しまーす」

と言って入ってきたのは、的場百太と弓原千春、そして中条深月の三人だった。

「おいおいおい、なんで一緒に来るんだよ？」

万騎がからかうように言うと、千春が、

「いや、なんか知んねーけど、ちょうどおまえと同室の女子が偶然、中条の連れだっつーからさ、こりゃいいやと思って一緒に見舞いに行こうってことで。なあ？」

と言って深月の方を見るが、彼女はそれを無視して、まっすぐに雪乃の方に来る。

「大丈夫？　倒れたんでしょ？」

「ああ、いや——大袈裟《おおげさ》なのよ。貧血みたいなもんだったのに、検査するからって入院させられただけだから」

雪乃が弁解するように言ったのは、深月が真剣に自分を心配しているようだったからである。

「検査じゃ変なことはなかったってさ」

「なんであんたが言うのよ？」

横から万騎に言われて、雪乃は思わず大声で言い返す。それを見て、深月は少し微笑む。

「よかった、元気そうで」

「ごめんね、なんかわざわざ来てもらって」

「何言ってんのよ雪乃、水くさいわね」

「深月ってほんとに優しいね」

「馬鹿ね、友だちでしょ？」

少女たちが話しているのを、斜め後ろから百太が少しぼーっとしながら眺めていると、千春が耳元で、

「なんか意外な一面、って感じかな」

と言ってきた。

「え？」

「いや、中条って学校じゃ結構つんつんしてるってイメージだけど、あんな顔もするんだな、とか思ってたんだろ？」

「ば、ばっか、そんなん考えてねーよ！」

「どーかね」

「おいおまえら、俺の見舞いに来たのか中条の付き人になったのか、どっちなんだよ」

「だって万騎、おまえ盲腸なんだろ。なんかつまんねー病気で入院してるよな」

「好き勝手言いやがって。腹に穴開けられた身にもなれ」

「あっ、縫い目見せろよ」

「まだ包帯巻いてるよ、こら、やめろって」

「ちょっと男子たち、あんまり騒がないでよ！　ここ病院なんだからね！」

深月の声が響いたところで、またドアにノックの音がして、扉が開いた。

入ってきたのは、三人娘の残る一人だった。その姿を見て、少しだけ表情を強張らせたのは弓原千春だった。

（あいつは――）

彼以外の者たちは、その少女の姿を見ても別に驚きもせずに、雪乃は、

「ああ、藤花？　あんたも来てくれたの？」

と彼女に笑いかけた。

3.

宮下藤花は、ちょっと呆れたような顔をして、

「なあに？　なんだかずいぶんと賑《にぎ》やかね」

と言って、男子女子が集まっている病室を見回した。

「別に呼びつけた訳じゃないんだけどね――」

雪乃は肩をすくめた。藤花は彼女のところに歩み寄ってきて、その頭を撫《な》で撫でした。

「いや、頑張ったと思って。いい子いい子」

「な、なによ？」

「べ、別に頑張ってはいないけど——」

「そうそう、宮下さん。頑張ったの、俺の方ですから」

万騎が口を挟んでくるが、藤花は彼のことは無視して、深月に目を向けて、

「深月も心配したみたいね。でもホッとしたみたいで、良かったんじゃない？」

と言う。深月は目を丸くする。

「……ま、まあ、そうだけど……」

なんでわざわざそれを確認されるのか、今ひとつピンと来ないので戸惑う。

「ねえ、お見舞いにレモンケーキ買ってきたんだけど、食べられるのよね？」

藤花はぶら下げていた紙袋をベッドの上に置いた。

「う、うん、大丈夫だけど」

「深月はレモン嫌いだっけ？」

「いや、特に好きでも嫌いでもないけど」

「じゃあいいわね。矢嶋くんたちも食べる？」

「わーい、いただきまーす」

彼女たちはわいわい言いながら、ペットボトルの紅茶を紙コップで分けたりしながらケーキ

を食べ始めた。

千春が窓際のパイプ椅子に腰掛けて、ケーキを齧っていると、その横に宮下藤花がやって来て、

「やあ」

と声を掛けてきた。

「どうも」

千春も返事をする。ちら、と見上げるように見て、すぐに視線を外す。

「……あんたは、憶えているのかな」

小声で話しかけてみる。返事はない。千春はさらに、

「みんな忘れちまったみたいだな。だけど、俺は憶えているよ。特別な力がなかったのが俺だけだったから、かな？」

「…………」

「あんたには、あのときの記憶があるのかな。今はもう正気に返っていて、やっぱり憶えていないのかな」

「…………」

「はは、俺、変なこと言ってる？　そういう風に聞こえる？」

千春が苦笑すると、藤花は、ふう、と息を吐いて、

「君は憶えているんじゃない——残っているんだよ」

と言った。

「……え？」

「その可能性はあった——君から雪乃に現象が転移したときに、ごくわずかに、まだ残滓《ざんし》がこびりついている可能性が」

「……あの？」

と言おうとして、顔を向けようとして、そしてそこで千春は自分の身体が動かないことに気づく。

千春だけではない。目の前にいる他の四人も、まるで彫刻のように固まっていて、動いていない。揺れているはずのカーテンも空中で静止していて、上にも下にもなびかない。時間が停まっているかのよう——もしくは、千春の意識だけが加速していて現実がついてきていないかのようだった。

その中で、声だけが響く。

「もうレモン・クラッシュを操るプーム・プームはいない。人間の自殺衝動を増幅させるバット・ダンスもいない——残っているのは、君だけだ」

眼球も動かないので、千春にその姿を見ることはできない。ただ、窓から射し込んでくる光によって床の上に描かれた彼女の影が見えるだけだ。

いや——それは果たして〝彼女〟なのか。

その影は、妙に直線的で、人というよりも筒のようなシルエットをしている。

「本体が転移していき、主たる性質のほとんどはもう失われている——もはや人を死に導くことはない。その代わりにあるのは、君の性質だ。弓原千春くん」

（……な、なんだこいつ、何を言っているんだ？）

千春の混乱を放置して、その影は言葉を重ねる。

「君の性格——絶対的な安定を好まず、常に不安定さを希求するその精神構造。それ故に君は餌として選ばれ、それが結果的にバット・ダンスを滅ぼす原因ともなった——だがそれは、ほんとうに受け身のものだったのか」

影は、他のものが何一つ動かない世界の中で、ゆらり、ゆらり——とかすかに揺れている。

「事実は逆だったのではないか——プーム・プームが、まだ状況が不安定だったあの時点でバット・ダンスとの決戦を選んだのは、ほんとうに彼女の意思によるものだったのか。あまりにも都合のいい餌が現れたから、それにつられて、ではなかったのか——それを誘発したのは、君だ」

（ち、ちょっと待て——）

「もちろん、君は意識していない。無意識の産物だ。ほとんどの才能が最初は無意識から始まるのだから。そう——君に記憶が残っているのは、君に能力がないからじゃない。君が、他の者の記憶を吸い取ってしまっているからだ。もう新たな〝集束〟は開始されている――君を新しい〝芯〟として」

影の声は、正確には音ではないようだった。空気も動いていないのだから音が伝わってくるはずがない。それは千春の心に直に響いてきているのだった。

つまり、もう――喰い込んでいる。

「世界の危機などは、いつでも、どこにでもある――その意味は、誰でもその当事者に簡単になってしまうということだ」

影が、一歩前に出るような動き方をした。

それに伴って、千春の喉に妙に息苦しいような感覚が生まれた。

喉に、糸のようなものが絡みついている気がした。それがどんどん、さらに喰い込んでいく。

（こ、これは――）

千春の心が恐怖に悲鳴を上げる。だが影はまったく容赦というもののない調子で、

「しょせんは可能性の問題――できるか、できないかの二者択一で、君は〝できない〟――それだけの話だ」

（ま、待て――待ってくれ！）

心の中で叫ぶ。

（いいのか？　あんたはそれでいいのか？　だって――だって）

千春は必ずしも怯えているだけではない、心底からの疑問も含まれた問いかけをする。

（だって、他の誰も、もうおまえのことを憶えていないのに——誰もおまえが助けてくれたって知らないのに、俺まで消してしまったら、おまえを誰も知らないってことになって——いいのか？　ほんとうにそれでいいのか？）

そこまで考えたところで、ちら、と視界の隅に何かが入ってきた。

それは左右非対称の、ふざけているような、興味がないような、なんとも言い難い複雑な表情だった。

「さてね、ぼくは自動的なんでね、その辺のことはわからないんだよ」

それが最後だった。その声の終わりが聞こえたか聞こえなかったか、それを判断することもなく、彼の意識は、ぶつっ、と乱暴に切り取られて、無明《むみよう》の暗黒へと墜落していった。

＊

「——っ！」

がくん、と前のめりになる感覚が身体に走り、千春はあわてて身を起こした。

見上げると、そこは真っ白い病室で、友人たちがわいわいと騒いでいる。

だが——何かが違う、と思った。何かが欠けた——と茫然としていると、万騎がこっちの

方を見て、

「ああ、やっと起きやがったな。ったく人の見舞いに来て居眠りするたあどーゆー根性だよ、おまえは」

と文句を言った。

「居眠り――？」

「そうだよ。そこに座ったと思ったら、すぐに眼を閉じやがって」

「いや俺は――」

言いかけて、しかし言うことなど何もないのだと、ふいに気がつく。そう、もう彼には特に言うことが何もない……。

落ち着かない気持ちもなく、仲間たちが綺麗に男女二人ずつでバランスが取れていることにも、なんの抵抗もない……二人ずつ？

「あれ、もう一人いたよな――」

彼が呟くと、深月が呆れたように言う。

「藤花ならもう帰ったわよ。あんたが寝てる間にね」

「藤花――宮下藤花……」

いや違う、と思った。しかしいったい何が違うのか、それを思い出すことはできなかった。

彼は後ろの、窓の外の方に目を向けた。

夕方というには時刻はまだ早く、空は青く光っていて、浮かんでいる月はぼうっと白く、雲よりも存在感がなかった。

その陽光の中、病院の玄関から正門に向かって人影が去っていくのが、ちら、と見えた。

だがそのシルエットをはっきりと捉える前に、それは角を曲がって、どこへともなく消えてしまった。

"Into The Lunar Rainbow" closed.

あとがき——壊れかけの希望と未完成の絶望

よくは知らないのだが「世界の終わりというのは派手にドカンと来るのではなく、じんわりと地味に、めそめそとやって来る」という言葉があるそうだ。だからなんだ、というような言葉ではあるが、これを見たときになんか「そうかも知んない」という変な納得があって、それがなんなのかちょっと考えてみる。終末思想というのは怖いものではあるのだが、実は結構な憧れでもある。世界が丸ごと吹っ飛んでしまえば、嫌なこともうんざりする退屈もむかつく奴らもみんな平等に消えてしまうというのはなんか爽快な話ではある。半端な状態がだらだらと続くくらいなら、いっそ何もかもチャラにしてしまいたい、という気持ちを誰でも、心のどこかに抱えているのかも知れない。

私は割と、学校ではいつも消極的とか自分の意志がないだろとか馬鹿にされていた口なのだが、じゃあ希望がなかったのか、といえばそんなことはなく、今こうして小説を書いて発表しているくらいだから、他の人よりもかなり夢と希望に溢れていたのだろう。というか、大人になった後で「えーっ、おまえら俺にあんなに言ってた癖に、自分には夢がなかったの？」とか考えてしまったのだが、これは勘違いだった。別に彼らに夢がなかったのではなく、曖昧すぎて形にならなかったのだ。そしてもうひとつ、あんまり夢に本気になりすぎると、それが駄目だったときに絶望しか残らないので、賢い彼らはそれを避けるためにその辺をぼかしていたのだ、ということがわかってきた。遅いよ、という話であるが、何で自分はその辺が平気だったのだろう。こんな半端な現実がだらだら続くくらいなら世界を丸ごと吹っ飛ばせ、みたいな壊れた小説を考えてはそこに逃避していたのは絶望していたからか、希望があったからか。

希望を持つということは絶望する未来を持つことでもある。未来は輝いていると同時に暗闇に閉ざされてもいる。人はその間で中途半端に希望したり絶望したりを繰り返しているのだろうが、こういうことが面倒くさくなって、いっそ何もかもがなくなってしまえばいいという終末思想に憧れたりするのだろう。そしてもちろん、これもまたそういう希望を持っているということでもあるから、これにもやっぱり、その裏の絶望があるはずだ。つまり何事も起こらず、平穏無事で、良いことも悪いことも起きない未来が延々と続く、というような。それって結構なことじゃないの、という気もするが、希望が大抵叶わないように、絶望もまた徹底的には来てくれないはずで、完璧に無風状態の未来もまたあり得ないのだ。今の世界は色々と限界が来ているような気がするが、これもすぐには終わってくれず、じわじわと悪くなっているのではないだろうか。希望はないのか、みたいな声があちこちから聞こえるが、もしかしたらこういう考え方そのものがもう限界であるのかも知れない。絶望が裏に貼り付いているような形ではない希望、勝ち抜け合戦で選ばれるのはたった一人で誰かが叶えてしまえば他の者には絶望しか残らないようなものではない、まったく別のなにかが求められているような気がする。じゃあそれはなんんだ、というともちろんわからないのだが、なんだろう、我々はもうそれを知っているような気がしてならないのである。今は鼻で笑われるようなこと、みんなから馬鹿にされるようなこと、そこに何かがあるような気がするんだがなー。当然のように他のもの同様にこの文章も中途半端に壊れているので、結論までには至れません。お手本通りに直すのをあきらめて、別のことをやった方がいいのかも知れませんね。それって今よりもっと馬鹿にされるようなことかしら。うーむ。とりあえず、以上。

（壊したから新しい、って時代も過ぎてるしな。中途半端に作ってるだけなんじゃないか？）
（でも他にやれることもないんで。まあいいじゃん）

BGM "SCANDALOUS" by PRINCE

◉上遠野浩平著作リスト

「ブギーポップは笑わない」(電撃文庫)
「ブギーポップ・リターンズ　VSイマジネーターPart1」(同)
「ブギーポップ・リターンズ　VSイマジネーターPart2」(同)
「ブギーポップ・イン・ザ・ミラー「パンドラ」」(同)
「ブギーポップ・オーバードライブ　歪曲王」(同)
「夜明けのブギーポップ」(同)

「ブギーポップ・ミッシング　ペパーミントの魔術師」（同）
「ブギーポップ・カウントダウン　エンブリオ浸蝕」（同）
「ブギーポップ・ウィキッド　エンブリオ炎生」（同）
「ブギーポップ・パラドックス　ハートレス・レッド」（同）
「ブギーポップ・アンバランス　ホーリィ＆ゴースト」（同）
「ブギーポップ・スタッカート　ジンクス・ショップへようこそ」（同）
「ブギーポップ・バウンディング　ロスト・メビウス」（同）
「ブギーポップ・イントレランス　オルフェの方舟」（同）
「ブギーポップ・クエスチョン　沈黙ピラミッド」（同）
「ブギーポップ・ダークリー　化け猫とめまいのスキャット」（同）
「ビートのディシプリン　SIDE1」（同）
「ビートのディシプリン　SIDE2」（同）
「ビートのディシプリン　SIDE3」（同）
「ビートのディシプリン　SIDE4」（同）
「冥王と獣のダンス」（同）
「機械仕掛けの蛇奇使い」（同）
「ヴァルプルギスの後悔　File1.」（同）
「ヴァルプルギスの後悔　File2.」（同）

「ヴァルプルギスの後悔　File3.」（同）
「ぼくらの虚空に夜を視る」（徳間デュアル文庫）
「わたしは虚夢を月に聴く」（同）
「あなたは虚人と星に舞う」（同）
「殺竜事件」（講談社NOVELS）
「紫骸城事件」（同）
「海賊島事件」（同）
「禁涙境事件」（同）
「残酷号事件」（同）
「しずるさんと偏屈な死者たち」（富士見ミステリー文庫）
「しずるさんと底無し密室たち」（同）
「しずるさんと無言の姫君たち」（同）
「騎士は恋情の血を流す」（富士見書房）
「ソウルドロップの幽体研究」（祥伝社ノン・ノベル）
「メモリアノイズの流転現象」（同）
「メイズプリズンの迷宮回帰」（同）
「トポロシャドゥの喪失証明」（同）
「クリプトマスクの擬死工作」（同）

本書に対するご意見、ご感想をお寄せください。

ファンレターあて先
〒102-8177　東京都千代田区富士見 2-13-3
電撃文庫編集部
「上遠野浩平先生」係
「緒方剛志先生」係

本書は書き下ろしです。

電撃文庫

ブギーポップ・アンノウン
壊《こわ》れかけのムーンライト

上遠野浩平《かどのこうへい》

◆◇◇

2011年1月10日　初版発行
2024年11月15日　4版発行

発行者　山下直久
発行　株式会社KADOKAWA
〒102-8177　東京都千代田区富士見2-13-3
0570-002-301（ナビダイヤル）
装丁者　荻窪裕司（META＋MANIERA）
印刷　株式会社KADOKAWA
製本　株式会社KADOKAWA

●お問い合わせ
https://www.kadokawa.co.jp/（「お問い合わせ」へお進みください）
※内容によっては、お答えできない場合があります。
※サポートは日本国内のみとさせていただきます。
※ Japanese text only

※定価はカバーに表示してあります。

ISBN978-4-04-870122-8　C0193　Printed in Japan

電撃文庫　https://dengekibunko.jp/

電撃文庫創刊に際して

文庫は、我が国にとどまらず、世界の書籍の流れのなかで〝小さな巨人〟としての地位を築いてきた。古今東西の名著を、廉価で手に入りやすい形で提供してきたからこそ、人は文庫を自分の師として、また青春の想い出として、語りついできたのである。

その源を、文化的にはドイツのレクラム文庫に求めるにせよ、規模の上でイギリスのペンギンブックスに求めるにせよ、いま文庫は知識人の層の多様化に従って、ますますその意義を大きくしていると言ってよい。

文庫出版の意味するものは、激動の現代のみならず将来にわたって、大きくなることはあっても、小さくなることはないだろう。

「電撃文庫」は、そのように多様化した対象に応え、歴史に耐えうる作品を収録するのはもちろん、新しい世紀を迎えるにあたって、既成の枠をこえる新鮮で強烈なアイ・オープナーたりたい。

その特異さ故に、この存在は、かつて文庫がはじめて出版世界に登場したときと、同じ戸惑いを読書人に与えるかもしれない。

しかし、〈Changing Times,Changing Publishing〉時代は変わって、出版も変わる。時を重ねるなかで、精神の糧として、心の一隅を占めるものとして、次なる文化の担い手の若者たちに確かな評価を得られると信じて、ここに「電撃文庫」を出版する。

1993年6月10日
角川歴彦

SWORD ART ONLINE
ソードアート・オンライン
川原 礫
イラスト／abec
「これは、ゲームであっても遊びではない」
《黒の剣士》キリトの活躍を描く
究極のヒロイック・サーガ!
電撃文庫

第23回電撃小説大賞《大賞》受賞作!!
最終選考委員・編集部一同を唸らせた
エンターテイメントノベルの
真・決定版!
86
[EIGHTY SIX]
—エイティシックス—
The dead aren't in the field.
But they died there.
[著]
安里アサト
[イラスト]
しらび
[メカニックデザイン] I-IV
The number is the land which isn't
admitted in the country.
And they're also boys and girls
from the land.
ASATO ASATO PRESENTS
Illustration/Shirabi Mechanical Design/I-IV
電撃文庫

ほうかご
がかり
ぼくらは命を懸けて、『奴ら』を記録する――。
When the midnight chime rings,
we are captured in a "Houkago".
In there, there is neither a correct answer nor a goal
or a stage clear.
Only our dead bodies are piled up.
【ほうかごがかり】
甲田学人
illustration potg
よる十二時のチャイムが鳴ると、
ぼくらは『ほうかご』に囚われる。
そこには正解もゴールもクリアもなくて。
ただ、ぼくたちの死体が積み上げられている。
鬼才・甲田学人が放つ、恐怖と絶望が支配する
“真夜中のメルヘン”。
電撃文庫

七つの魔剣が支配する

宇野朴人

illustration ミユキルリア

運命の魔剣を巡る、

学園ファンタジー開幕!

春——。名門キンバリー魔法学校に、今年も新入生がやってくる。黒いローブを身に纏い、腰に白杖と杖剣を一振りずつ。胸には誇りと使命を秘めて。魔法使いの卵たちを迎えるのは、満開の桜と魔法生物のパレード。喧噪の中、周囲の新入生たちと交誼を結ぶオリバーは、一人に少女に目を留める。腰に日本刀を提げたサムライ少女、ナナオ。二人の、魔剣を巡る物語が、今始まる——。

電撃文庫